O Perfume
da Mentira

paulo da costa

LIVROS PÉ D'ORELHA

ISBN: 978-972-99543-6-8
Editora: Livros Pé D'Orelha – www.livrospedorelha.com
Contacto Autor: www.paulodacosta.com

Tradutor © paulo da costa – www.paulodacosta.com
Capa/Design: © João Ventura – ribeiroo@yahoo.com

ÍNDICE

ROSAS PARA OS MORTOS

Padre Lucas encontrou amparo no ombro de uma oliveira e deslizou o lenço pela sua auréola de cabelo branco numa tentativa de suprimir as pérolas de suor que lhe afogavam o rosto. Encostou-se à oliveira, contemplando a colcha verdejante que cobria o chão do vale, vislumbrando os retalhos de campos de milho e vinha, remendados por um fio de muros. O sinuoso rio Caima, de brilho invulgar ao sol, forçava-o a semicerrar os olhos e a proteger o rosto com a mão. O rio, uma artéria aberta da terra, atravessava o coração do vale, concedendo vida e fertilidade aos campos. Veias intrincadas irrompiam da artéria principal, canalizavam a preciosa água até lugares remotos ao longo da encosta.

Da vantajosa posição no topo do monte, Padre Lucas usufruía de uma vista de anjo ao longo do Vale D'Água Amargurada. À distância, o seu destino, a mansão Mateus, não era mais que uma migalha rodeada por um formigueiro humano.

O sol do meio dia e a encosta desnudada de árvores dificultavam-lhe a progressão. Transpirava dentro da sotaina negra. O peito crescia e afundava-se em tentativas fúteis de expelir o ar ardente enquanto as narinas se dilatavam e bufavam de esforço. Padre Lucas era uma imagem somente comparável aos fatigados bois que carregavam toros de lenha pela encosta. Sob o calor infernal agarrou-se de novo ao terço, e balbuciando uma fiada de pragas por entre dentes prosseguiu na sua lenga-lenga. Os paroquianos com quem se cruzava no caminho poeirento suplicavam-lhe para que se lembrasse deles na sua reza.

Padre Lucas chegara há meio século com um crucifixo de pau dependurado ao pescoço, uma bíblia imaculada na mão, ansioso por mostrar o caminho de Deus ao rebanho de paroquianos que lhe fora atribuído. Acabado de sair do seminário, palavras de justiça e compaixão saltavam-lhe da boca. Palavras que não perduraram, assim como truta pescada do rio Caima não perdurava. Uma zelosa multidão de camponeses recebera-o e uma criança tímida fora ao seu encontro para lhe depositar um ramo de rosas nas mãos. Uma comitiva de fidalgos, encabeçada por Ambrósio Mateus, acolhera-o cerimoniosamente.

«É com muito prazer que os ilustres fidalgos o presenteiam com a chave da nova casa paroquial. Maria, estará ao seu serviço, regendo os assuntos caseiros. A casa não é extravagante, mas adequada a uma alma como a sua, puramente preocupada com as matérias do espírito e dos céus. Nós, cuidaremos do dia a dia dos negócios do mundo», Ambrósio declarara com os fidalgos a bater palmas.

Os fidalgos informaram-no que toda a gente lamentava o trágico acidente que vitimara o seu predecessor, Padre Batista. Um bando de caçadores, enganado pelo diabo do lusco-fusco, alvejara o desafortunado homem, confundindo o padre com um negro lobo solitário.

«Uma tragédia terrível. Mas devemos aceitar os desígnios de Deus, a Sua vontade, chamando de regresso ao Seu Reino um discípulo seu e após um mero ano de serviço. Um ano repleto de imaturos e insensatos sermões, repisando assuntos insignificantes do dia a dia, incapaz de saciar a fome espiritual do povo», disse Senhor Ambrósio, pousando a mão pesada no ombro de Padre Lucas. Padre Lucas, com um aceno de cabeça, concordou. As mãos apertaram-se sobre as rosas, afundando espinhos na carne, extraindo um fio de sangue.

Padre Lucas observava os camponeses nos campos como se a seus pés. Já se habituara ao espetáculo dos paroquianos, lavradores a desbravar a encosta e a esculpir socalcos pouco estáveis. Do topo do monte onde se encontrava, os campos assemelhavam-se a uma escadaria para os céus, como se os camponeses fugissem do buraco infernal, subindo para o azul, em busca de vida melhor.

À sombra da oliveira Padre Lucas meditava nas razões que levaram os seus paroquianos a afluir à mansão Mateus para lançar um último olhar ao rígido corpo do homem que lhes tiranizara a vida. Seria a curiosidade, a oportunidade de pisar o chão encerado do opressor e testemunhar o fim do seu reinado?

Observou a enlutada multidão, nódoa negra humana, transbordando da mansão, espalhando-se rapidamente sobre os campos contíguos.

Padre Lucas encaminhava-se solenemente para o pórtico de granito da mansão Mateus e o mar de pessoas apartou-se.

3

Um fosso de mesas rodeava a periferia da mansão, servindo broa, azeitonas e tremoços, regueifas e compotas. A marmelada e as regueifas atraíam os camponeses como um derrame de açúcar atraía uma correria de formigas. Por fim uma refeição decente.

Para vestir os camponeses desejosos de apresentar as suas condolências, roupa apropriada encontrava-se à porta. Véus, xailes e lenços de cabeça para as mulheres. Sapatos engraxados, gravatas e jaquetas para os homens. Para a maioria dos camponeses era a primeira vez que calçavam sapatos. Os passos vacilantes arrastavam o couro engraxado à volta do caixão.

Padre Lucas entrou na sala sóbria e deteve-se perante o sopro de calor de mil velas embatendo-lhe no rosto.

«Que Deus misericordioso, Deus das consolações esteja convosco», saudou os presentes.

O odor a parafina queimada penetrava-lhe o olfato. Apertou o nariz. Através da nuvem negra do fumo das velas, discerniu o Senhor Ambrósio Mateus no seu fato domingueiro. O corpo encontrava-se quase escondido por cravos. Cravos roubados do jardim de Ambrósio e atirados para o caixão pela constante fila de camponeses. O guarda-chuva de Ambrósio, a seu lado, encaixava-se no braço. Pela vida fora, chovesse ou fizesse sol, o Senhor Ambrósio apoiara-se no cabo de carvalho, como outros se apoiavam num ombro amigo. O guarda-chuva, fora um companheiro leal até na morte.

Padre Lucas dirigiu-se ao Mário, neto e sucessor de Senhor Ambrósio, rapaz jovem a derramar lágrimas sob o peso da riqueza e do poder herdado. Padre Lucas apresentou as suas condolências e vigorosamente cumprimentou a mão murcha de Mário dizendo: «As almas dos justos estão nas mãos de Deus e nenhum tormento lhes tocará». Os fidalgos de Vale D'Água Amargurada abanaram as cabeças em concordância. Os camponeses rumorejaram.

Os fidalgos estavam de pé, de braços cruzados sobre o peito, rodeando Mário num circulo protetor. Uma rosa alegrava os fatos pretos, espinhos e talos escondidos na lapela.

Padre Lucas levantou as mãos, suplicando a Deus, e recitou uma oração de abertura,

> «Ó Deus,
> a quem a graça e a compaixão pertencem,
> ouve as nossas preces e ordena que o Senhor Ambrósio
> seja levado para o Reino do Céu e aí encontre a
> recompensa Divina».

«Amem», responderam os presentes.

Padre Lucas continuou de pé ao lado do Mário e pacientemente esperou que os últimos pingos de pessoas apresentassem os seus respeitos.

A maioria dos camponeses apressava-se, nem mesmo interessada em examinar o corpo, meramente seguindo a trajetória que os levava às mesas repletas de comida. Outros genufletiam os seus respeitos e choravam lágrimas genuínas de alívio. Padre Lucas já calcorreara as lamas do vale por muitos anos e possuía ideias próprias acerca de Deus e as limitações dos Seus ensinamentos de compaixão.

O Senhor Ambrósio encontrava-se deitado como que a contemplar uma parede repleta de retratos pintados. Nos retratos posara com cenários de edifícios exóticos em pano de fundo — mesquitas, Padre Lucas supôs. As chamas vacilantes pintavam uma aura diabólica e dançante no sorriso sagaz de Ambrósio.

Na comemorada ocasião do regresso do Senhor Ambrósio à sua aldeia natal, os pretensioso retratos foram expostos na praça pública para admiração do povo. Ele teria secretamente posado em uniformes do Museu Militar e pagara a pintores famintos para ilustrar episódios extravagantes de bravura. Medalhas de coragem dependuravam-se ao peito comprovando as inventadas histórias de heroísmo e intrepidez. Outros retratos, descrevendo a pilhagem a infiéis, um ato abençoado por Deus, eram destinados a despertar a simpatia do vale, absolvendo a riqueza súbita e as vastas possessões.

Uma vida de confissões erráticas lançara uma luz ténue nos detalhes da vida do Senhor Ambrósio Mateus, contudo o seu arrependimento na noite anterior e durante a extrema-unção, transferira o peso da história da sua vida para o Padre Lucas, derradeiro guardião dos acontecimentos que moldaram a existência de Ambrósio.

Quando Padre Lucas descansava dos afazeres eclesiásticos, um pedido urgente de auxilio interrompera a sua costumeira sesta. Senhor Ambrósio Mateus, apavorado pela possibilidade de morrer por confessar, prometeu a Padre Lucas, em troca da expiação dos seus pecados, a mais formosa catedral jamais construída na península ibérica. Esta promessa facilitou a atenção imediata à alma do Senhor Ambrósio e tornou o elogio mais aprazível.

O último camponês passou, arrastando os pés. Padre Lucas abriu a bíblia,

«Senhor, no nosso sofrimento viramo-nos para Ti.
Não és Tu o Deus da compaixão

que a todos ouve?...»

Padre Lucas sabia o que dizer nestas ocasiões mas fingiu ler a Bíblia — citando uma liturgia que convidava o Senhor Ambrósio a deixar a sua morada na terra e a juntar-se ao Padre Lucas nos passos cerimoniosos, até à sua última residência. Lá, unir-se-ia às outras almas cristãs no reino de Deus. Padre Lucas fechou a bíblia, salpicou água benta sobre o corpo. A tampa do caixão foi fechada, um pano e um pequeno crucifixo de oiro colocados no topo. Os quatro homens mais robustos na aldeia erguiam-no aos ombros quando uma argola se soltou e tombou o caixão, causando grande transtorno. A tampa abriu-se.

Senhor Ambrósio tornara-se num homem pesado após décadas de excessos. Os seus dedos de chouriça descansavam sobre a montanhosa barriga — um banquete para as formigas, Padre Lucas não parava de pensar. Acordeões de carne desdobravam-se pelo pescoço abaixo comprimindo-se no queixo dando a impressão de três bocas.

Padre Lucas ajeitou-lhe a pose, colocando os braços do Senhor Ambrósio sobre o peito. Uma pose de arrependimento para a sua viagem de despedidas rumo à eternidade.

Durante a extrema-unção, o Senhor Ambrósio confessou ao Padre Lucas que a vida não teria sido sempre uma fartura. Como criança não se lembrava da barriga noutro estado que não o de um roncar e reclamar contínuo. O ribombar ecoava pelos ossos até chegar aos ouvidos de um transeunte. Um coro incessante que acompanhava o mendigar coreografado do braço estendido, um magricela e raquítico osso esticando-lhe a pele, «Senhor, Madame, pela caridade de Deus dê-me uma côdea de pão».

À noite, de regresso a casa, parava pelo açougueiro lutando com os cães vadios pelos ossos abandonados e ainda com fios de carne dependurados. Ossos que trazia para casa para amaciar numa sopa.

Os pais, jornaleiros, sem terras e ainda mais debilitados por uma doença de pulmões, não encontravam fidalgo que lhes desse trabalho. Apresentavam-se demasiado enfezados e assim não valia a pena explorá-los. Enfrentados com miséria e fome, o pai obrigou-o a esmagar as pernas do irmão bebé com um pedregulho. Uma criança saudável, deformada para instigar pena nos corações de quem lhe pusesse os olhos em cima. Para lembrar a todos, até aos camponeses, que existiam destinos piores que a pobreza, apelando à sua generosidade. O espetáculo de infortúnio, disse o pai, provocaria compaixão.

Os camponeses, mal possuindo uma migalha para partilharem, ofereceram nada mais que as suas lágrimas. Os fidalgos, embaciando temporariamente a sua consciência, «Como se as tragédias deste mundo fossem obra nossa, como se as pernas tortas fossem da nossa responsabilidade», repreenderam Ambrósio pelo mau gosto exibido. O seu idílico passeio vespertino estragado.

Muito em breve, os fidalgos e as suas senhoras evitavam a encruzilhada onde Ambrósio e o irmão estavam plantados por entre nuvens de moscas. Ambrósio, impassível, fitava as inúteis pernas do irmão. Recordava o dia em que a mãe anunciara a gravidez. Desejara um irmão para correr atrás da bola de futebol feita de trapos. Olhando fixamente as pernas deformadas, Ambrósio sabia que nunca mais provaria o salgado das lágrimas. As suas lágrimas agora contidas como um rio na barragem, afogando a alma.

Com o fracasso do estratagema do pai, Ambrósio fugiu do vale para cuidar de si mesmo, encontrando uma refeição como criado numa mansão aristocrática lisboeta. Levando a sua insaciável fome e o pesadelo do irmão, Ambrósio estava determinado a satisfazer o vazio que lhe atormentava o estômago e a vida. Por essa altura já acreditando que para sobreviver se deveria ser mais duro que o próximo, Ambrósio enfrentou a vida como uma batalha para ser perdida ou vencida. Padecera a sorte do perdedor, mas jurou que os seus descendentes seriam salvaguardados de privações. A sua obsessão com a riqueza calejou-lhe o coração para humilhações e indignidades sofridas. Um modesto começo, rapaz de recados, à mercê das erupções que acompanhavam más notícias, «Reza para que sejam boas notícias rapaz e ganharás um centavo. Três chicotadas de contrário», o conde ameaçara.

Do velho mordomo aprendeu a utilizar o ferro de brasas para amolecer a cola que selava a correspondência da casa senhorial. O velho mordomo passara a vida a espiar a vida do patrão. Nas noites frias de inverno o mordomo entretinha um grupo de criados, revelando as aventuras ilícitas do patrão com damas da nobreza e com dinheiro.

«És mais manhoso que o diabo!» Disse o mordomo, agitando o punho no dia em que Ambrósio lhe usurpou a posição, fazendo-lhe chantagem e elevando-se da cozinha do Conde para a sala de jantar. Lá, através dos anos, Ambrósio descobriu o poder de escutar às portas para extorquir influências e riqueza duradoura.

O badalar dos sinos arrastava a cortejo pelo monte acima rumo ao cemitério. Os passos arrastados levantavam poeira pelo caminho. Padre Lucas controlava o passo e o cortejo à cadência das orações.

«Bem-aventurados os pobres de espírito», pronunciou Padre Lucas,

«Porque deles é o Reino dos Céus», respondeu a multidão.

O sofrimento de Padre Lucas era visível nas maçãs coradas, um rosado correspondido pelas amoras revestindo o caminho.

«Bem-aventurados sejam os que choram,
porque serão consolados.
Bem-aventurados os mansos
porque eles possuirão a terra».

Os escassos lavradores, laborando entre canas de milho, erguidos do chão como espinhos, pararam e olharam. Os rostos cintilavam numa mistura de suor e sujo. Como rosas, simultaneamente belas e delicadas, espinhosas e dolorosas, estas canas de milho irrigadas pelo suor da testa, floresciam como silvas. Sem terras, os lavradores pagavam metade da colheita ao fidalgo que generosamente lhes permitira cultivar a terra.

«Bem-aventurados sejam os que têm fome e sede de justiça,
porque serão satisfeitos.
Bem-aventurados os que padecem perseguição
porque deles é o Reino dos Céus...»

Quando o cortejo fúnebre passou, as lavradeiras ajoelharam-se enquanto que os homens se mantiveram de pé, de chapéu ao peito. Benzeram-se, em nome do Pai, do Filho, e do Espírito Santo, descrevendo uma cruz imaginária da testa ao peito. Até o gado a pastar, pintas brancas e pretas decorando o tapete verde do vale, eternamente a fitar o chão, levantaram a cabeça e observaram o coro de orações, «Rezai por nós pecadores, agora e na hora da nossa morte. Amem».

O cortejo atravessou uma ponte de pau. Catraios saltaram para as águas refrescantes, esborrifando as mães que se ajoelhavam entre os campanários de roupas na margem. O mergulho enviou bolhas de ar à superfície. Lençóis acabados de lavar estendiam-se pelas cabeças das moitas de silvas, absorvendo a aridez do sol. Uma brisa levantou-os ligeiramente. Um cumprimento respeitoso à passagem do funeral.

Com o cemitério à vista, o cortejo arrastava-se ao lado das levadas, canais de irrigação tão fundos como sepulturas, transportando vida da artéria principal até aos campos remotos. Para aqui convergiam as crianças, disputando corridas de barcos feitos de casca de pinheiro. O mesmo lugar onde crianças de criadas solteiras pareciam predispostas a inesperados afogamentos.

Ambrósio regressara à sua aldeia natal para tomar posse da casa de campo do conde, um lugar onde a aristocracia em declínio entretinha prazeres ao ar livre: caçando raposa, perdiz e o cada vez mais ilusório lobo. A mansão elevava-se sobre a aldeia e a igreja.

Apesar de Ambrósio ter encontrado esposa para lidar com assuntos caseiros, reservava ainda a escolha cuidada dos criados para si mesmo, um processo que encarava com o mais sério zelo. Acreditava que o remédio contra surpresas amargas era a prevenção. «Cada pedra encontrada hoje numa colheita bem peneirada, salvará um dente amanhã», dizia ele com frequência desmesurada.

Nos criados, procurava os que não o olhavam nos olhos, aqueles ansiosos por lhe agradarem, vazios de sonhos e aspirações próprias. Aspirações eram a semente da ambição, e a qual Senhor Ambrósio receava que o destronasse um dia. Nas criadas procurava a carne macia quase ainda não mulher. Tinha o capricho de selecionar raparigas pobres para quem o préstimo ocasional de seus corpos era preço desprezível em troca do salário magro que sustentava as suas famílias. Escolhia raparigas que satisfaziam a boa medida da sua mão em forma de ventosa.

Dia após dia Ambrósio passeava a pé, guarda-chuva fiel na mão proporcionando guarida do sol abrasador. «Só lá de cima», justificou, guarda-chuva apontado a uma nuvem solitária no céu, «poderá cair uma surpresa fora do meu controle». Ambrósio desfrutava da sombra protetora lançada pelo guarda-chuva, avançando pela encosta acima em busca do casebre da sua criancice. O casebre escondia-se algures nos montes, onde ele competira com raposas e outros animais em busca de abrigo e resguardo das espingardas dos fidalgos.

Quando encontrou o casebre, musgo reavivava as desmoronadas paredes que outrora se levantaram arqueadas. Inspecionou o sítio da sepultura da família, uma vala de pouca profundidade decorada com pedras da casa ruída. Uma alma caridosa, um caçador, outros excluídos talvez, arranjaram tempo para esgravatar uma sepultura e entrelaçar uma cruz de galhos, poupando a sua família às nuvens de moscas. Com as mãos nuas removeu os ossos mortais e colocou-os num saco de serapilheira.

No cemitério da vila ordenou a construção de um mausoléu, cinzelado do mármore mais puro. Aí repousaram os corpos ossificados em luxuoso conforto. Todos os meses encomendou uma missa pelas suas almas e todos os dias ordenara que rosas fossem depositadas aos pés do túmulo, em honra de sua mãe. Uma mulher de implacável otimismo, uma crédula fervorosa em milagres santíssimos, esforçando-se todas as madrugadas para assistir ao nascer do sol, acreditando que cada dia era um novo dia, oferecendo regeneradas esperanças. Uma mulher de fé inabalável, convencida que os céus ouviriam as sua súplicas e trariam piedade. No entanto os dias mostraram-se indiferentes até que os seus corpos definhados sucumbiram numa manhã de inverno abraçados tão firmemente que Ambrósio os encontrou enterrados como um só.

O cortejo aglomerou-se à entrada do mausoléu de Mateus. Antes da liturgia do último adeus, Padre Lucas pediu às pessoas presentes para ponderar em como o Senhor Ambrósio os inspirara a aprofundar a fé e confiança uns nos outros através da sua passagem na terra.

O silêncio perdurou até que o Padre Lucas rezou.

«Oremos ao Senhor e oremos por nós. Que nós sofredores sejamos um dia reunidos com o nosso irmão Ambrósio; que juntos encontremos Cristo Jesus quando Ele, que é a nossa vida, aparecer em glória».

O caixão desceu.

Em silêncio os camponeses observaram Mário a atirar uma rosa para o buraco negro onde as pétalas murchariam mas os espinhos perdurariam. Os camponeses voltaram-se em conjunto e arrastaram os pés de regresso aos campos de suor. Mário, assistido pelos fidalgos, regressou à mansão Mateus.

Padre Lucas permaneceu só à boca da sepultura. Atirou um punhado de terra para cima do caixão, ergueu a mão benzendo a morada final do Senhor Ambrósio. De seguida benzeu-se a si próprio, pigarreou e acompanhou com o olhar a trajetória do cuspe que caiu no buraco negro.

O JARDIM DOS SONHOS

Felismina Alves avistou silhuetas a resvalar pelas alas do barranco e, se não soubesse da intenção de lhe fazerem uma visita nesse Domingo, poderia tê-las confundido com animais de mato. Mas não, estava preparada. Decidiu que não fecharia a porta na cara de ninguém, nem mesmo na delas.

Rodeada por lusco-fusco, Felismina Alves descascava a última cenoura. Cebola e alho crepitavam já na panela da sopa. O som ombreava com cigarras a gorjear na clareira estendida para lá da janela da cozinha. Felismina escancarara as janelas da casa, convidando o brando sopro do vento, e este, varria as brasas de ar quente, encarceradas entre as paredes caiadas. Talvez procurando refúgio no abrigo das paredes, ou talvez atraídas pelo cheiro da aletria a arrefecer na mesa, as moscas entraram de vento em popa e invadiram a casa. Felismina Alves cortou a couve lombarda aos fios e afogou-a na panela com os nabos. A mistura dos verdes e laranjas, dos sabores amargo e doce, ferviam a lume brando, enriquecendo a sopa. De seguida Felismina cortou as batatas, mantendo um olho no perfil de um lobo que atravessava o barranco. O lobo, protegido pelas sombras, finalmente ousou aproximar-se do ribeiro, saciando a secura da sua língua ao dependuro. Ela observou a retirada do lobo, no instante em que o odor das silhuetas se acercou e saturou o ar.

O bater à porta.

«Bom dia. Esta é a casa da Felismina?»

«Sim, entre. Que a traz por cá?» Felismina Alves ofereceu à visitante, e à criança que a acompanhava, um banco. Ela, sentou-se num cepo.

«A palavra de Deus Nosso Senhor».

Felismina observou a visitante sem fôlego. O outrora imaculado vestido de linho, trilhado entre os joelhos, revelava canelas raspadas. Uma mistura de folhas e erva fazia ninho no cabelo mal pintado. Vestígios de terra escorriam pelas ancas onde ela limpara as mãos. A visitante de Felismina não era uma mensageira celeste. Pelo contrário, a aflita alma dava a sensação de requerer salvação imediata. A filha, ostentando o mesmo nariz arrebitado, aconchegava-se debaixo da asa da mãe. A pobre criatura mostrava tanto receio como um patinho recém-nascido.

«Lamento ter chegado a tão má hora. Perdemos rasto ao caminho. Nunca pensei que poderia encontrar vivalma tão longe do rebanho».

«O que importa é chegar sã e salva pelas mãos de Deus», Felismina retorquiu, limpando as mãos ao avental preto. No mesmo fôlego adiantou, «Vai uma sopinha?»

«Com certeza, cheira tão bem!» O nariz da mulher arrebitou-se, cheirando o perfume do azeite a inundar a cozinha.

«E para quem acabar a tigela de sopa, haverá aletria». Felismina piscou o olho à criança.

A criança assentou o olhar aterrorizado no conforto das brasas.

«Aletria! Que bondade. Mas parece-me que a senhora não se incomoda no escuro». De olhos semicerrados, a mulher estudou a cozinha, tentando discernir o espaço em que se encontrava.

«Habituei-me ao escuro toda a vida. Sabe, o escuro não é tão negro como se pensa à primeira vista... e ainda menos se deixássemos os olhos brilhar».

«Não seria grande transtorno trazer eletricidade até cá. O mundo abrir-se-ia à sua porta. As amenidades a entrar: frigorífico, televisão, até uma máquina de lavar roupa para lhe poupar as frieiras».

Felismina Alves gostava do lusco-fusco. Dava-lhe sossego de espírito saber que o turvar dos olhos envelhecidos não lhe acarretava problemas no dia a dia da vida. Movia-se com à vontade pela cozinha escurecida. Para que necessitava ela do brilho das luzes? Os dedos manobravam facas afiadas, acariciando as memórias de mil e uma sopas. Pés descalços liam o soalho, evitando o cântaro, antecipando a existência do prego de cabeça erguida acima dos outros.

«Eletricidade?» Felismina retorquiu por fim, mergulhando a colher na tigela e soprando o vapor. «Você já parece o meu mais velho, ao visitar-me pela Páscoa, carregado de conselhos modernos. Não, não preciso desses vícios. Só me trazem mais preocupações, mais trabalho. Deus deu-nos a noite por alguma razão. Para deixarmos os campos em paz e passarmos tempo juntos».

Pela noite, orvalho a humedecer-lhe as nádegas, Felismina concebeu; na sombra do ventre carregou com os filhos, e mesmo assim, a cidade usurpou-os, tal como no seu quintal verde e luxuriante, onde sementes germinavam na profundeza escura e húmida, antes de alcançar o sol. As raízes, a origem, permanecia enterrada, aquém do toque de luz, permitindo que enviassem o verde, época após época, a ser sacrificado às mandíbulas do mundo faminto.

«Mas um rádio para ouvir os assuntos do mundo, e um telefone para emergências, não são frivolidades. São necessidades básicas!»

«Pão e água são necessidades básicas, filha. Precisava de ver o meu Arturito, o mais novo, no trabalho árduo, noite dentro, debaixo dessas lâmpadas, secando o brilho dos olhos. Acabado de casar e já mostra tantas brancas nas madeixas como o meu homem quando se foi. Não é coisa boa, não. Mas é melhor calar-me. O que a traz por cá?»

A mulher endireitou o tronco e levantou o queixo como se preparasse para iniciar um discurso.

«Sim. sim claro. A nossa congregação visita as pessoas para lhes trazer a verdade de Deus. Como o próprio Deus disse, *Eu sou a luz... Eu sou o caminho... que haja luz*. Uma humilde serva de Deus é tudo que sou. Trouxe-lhe um presente». Da mala de mão retirou uma vela, embrulhada em panfletos religiosos. A fragrância imediata a mel, permeou o ar.

«Que simpático. Eu também sou uma serva de Deus, a cuidar deste pequeno canto do Seu jardim».

As brasas, reduzidas a cinzas, cessaram de espalhar uma aura de conforto e abandonaram as visitantes de Felismina às trevas. Isso não a preocupava. Ela encontrava tranquilidade no escuro. Em pleno verão sentava-se no prado, estendendo-se para lá da varanda de adobe, e cortejava as constelações no firmamento. A imaginação viajava, entrando em mundos distantes, onde ela via de relance, reflexos reveladores dos mistérios da noite. Regressava dos céus enigmáticos, de mãos vazias, não possuindo a mais simples confirmação. Todavia regressava fresca, ao contrário da fatigada viajante na sua cozinha, carregada com livros e panfletos, vinda com respostas imediatas, a pregar verdades absolutas.

«Sendo Cristãos prezados é nosso dever apregoar a palavra do Senhor e salvar todas as almas do Inferno».

Felismina levou a colher à boca e engoliu a sopa com regalo antes de se pronunciar.

«Ai sim, vai de cozinha em cozinha, a convencer as pessoas que as batatas devem ser cortadas às rodelas, em vez de cortadas aos palitos porque fazem melhor à saúde dessa maneira!» Felismina sorria.

Uma aragem fez embater a janela. Uma coruja piou. Os dentes da criança batiam.

«A escuridão aterroriza a minha filha. Teria a bondade de acender isto?» A mulher continuava agarrada à vela.

«Se a luz a fará sentir mais à vontade, pois então». Felismina estalou os dedos calejados, produzindo uma faísca que acendeu o pavio.

Os olhos da criança cresceram de espanto. Aconchegou-se de imediato mais próximo da mãe que esboçou um sorriso nervoso na tentativa de confortar a criança.

Quando a mancha de luz inundou a cozinha, as moscas adormecidas afiaram as asas, enganadas pela convicção do levantar de outro dia. Giravam ao redor das cabeças das mulheres, em voos curtos e pouco convictos, algumas regressando de imediato às vigas. Outras, atraídas pela chama vacilante (a única fonte de luz) mergulharam em direção ao brilho.

O súbito estalar da chama.

Em silêncio as mulheres contemplavam os momentos finais de uma mosca, pernas trémulas, na ebulição da cera.

Felismina Alves lembrava-se da imagem do pai a tropeçar pela casa, depois de ter procurado obstinadamente no céu as luzes do conhecimento. Na neblina do meio-dia, a sua procura levara-o a fitar resolutamente a quente e redonda luz. Quanto mais brilha o sol, mais negra é a sombra, Felismina concluíra e vivia por essa medida.

A criança fez uma cara assustada quando ouviu o estralejar da carne da mosca na chama. Agarrou-se à mãe, apertando-lhe a mão. Pela janela entrava a cadência das cigarras.

Felismina levantou-se e recolheu as tigelas vazias. Cortou um retalho de aletria e serviu as visitantes.

«Vem até lá fora», disse Felismina, estendendo a mão, «Vou-te mostrar um jardim de estrelas».

A criança olhou para a mãe em busca de permissão. A mãe consentiu com um abano da cabeça. As três, pratos de aletria na mão, encaminharam-se para o quintal. Felismina ateava a fogueira, enquanto as duas se sentavam em cepos, saboreando a aletria e observando Felismina que construía uma minúscula pira de caruma. Um pirilampo dançava ao redor de Felismina, abalando, logo que as primeiras chamas lamberam o ar.

Chama após chama, o fogo espalhou-se e devorou as achas. Os rostos graciosos de girassóis, luziam, sobrepondo-se ao céu. Felismina, na erva, sentada de pernas cruzadas, tirou um belisco de salva de um aglomerado. Esfregou-a entre as mãos, respirando profundamente a fragrância doce. Atirou a folha para o crepitar das chamas e cantou uma cantiga sobre romagens celestes na cauda de um cometa. As cigarras juntaram-se-lhe. O pio da coruja marcava compasso e os pirilampos dançavam à sua roda. «Vês, ali pequerrucha, é a Ursa Menor, parece mesmo a concha que usamos para tirar a sopa». Felismina arrancou um galho ao fogo, descreveu o perfil da Ursa Menor no ar com a ponta incandescente do galho.

A criança sorriu.

«Vês aquela estrela brilhante perto do cabo da concha?»

A criança acenou que sim com a cabeça.

«Essa é a Polar, a que anima a noite. Uma estrela que guia até lugar seguro qualquer alma que se perca».

«Como é que as estrelas chegaram tão alto?»

Felismina sorria, sentada à fogueira, esfregando com as chamas as suas mãos calejadas. Depois, mexeu nas brasas, e um borrifo de faúlhas trepou pela noite acima.

Os olhos da criança cresceram, brilharam com a vivacidade da compreensão.

«Estrelas nascem todos os dias, em todo o lado. Erguem-se, voando pela poeira cósmica, até encontrarem um pedaço de céu que lhes agrade. E aí, longe, nos céus, aconchegam-se entre as galáxias, à espera das pessoas, dos bichos e das plantas que um dia lhe irão fazer companhia».

No prado da Felismina, as estrelas despertavam os contornos camuflados da paisagem, até que a manhã empalidecesse novamente o mundo. A noite, onde pedras se moldavam em figuras de animais agrestes, e repousavam, mansas, à espera do salto para dentro da pele da vida. A noite, ambígua, dava à luz sonhos, o impossível. A vida.

«Mãe, o céu é para onde eu vou depois de morrer?» A criança perguntou, apontando para a noite.

«Sim, irás para um lugar lá próximo, para lá das nuvens».

«É verdade Ti Felismina?»

«Claro pequena, quando morreres vais para onde acreditas que vais».

«Então subirei aos céus como uma estrela!» A criança exclamou com convicção, saltando no ar, esticando os braços com um resolvido olhar celestial.

«Subirás pois então!»

«Mas para onde vai você?»

«Ahhh... pequena, eu fico por cá. Enterrada, crescendo lentamente até me tornar num girassol, à espera que as abelhas pousem para fazer cócegas nas minhas pétalas».

«Mãe, para onde vai você?»

A mãe suspirou, endireitou-se no cepo vacilante.

«Eu irei para onde Deus me mandar».

As mulheres, de olhos no céu, contemplavam o ar noturno cristalino. Um sopro de vento abanava as chamas. A mãe arrastava o cepo em redor da fogueira, na esperança de escapar do fumo. O fumo seguia-a para onde ela se deslocava. Não longe um lobo uivou à lua minguante e uma acha silvou barulhentamente. Uma luz apressada rasgou o céu.

«Que foi aquilo?» perguntou a criança alarmada.

«Uma estrela cadente. Por vezes as estrelas cansam-se de serem estrelas e regressam à terra para se tornarem crianças, pirilampos, corujas». Ao falar, a mão varreu o ar e fechou-se. Felismina guardou a mão no regaço como se fosse um segredo. «Adivinha o que tenho na mão?»

«Eu sei, eu sei!» A criança saltou do cepo e bateu palmas. Virou-se para a mãe. «Olha, ela apanhou a estrela cadente com a mão!»

A mãe soltou uma gargalhada de troça.

A criança, de cócoras, junto à Felismina sentada na erva, inclinou o rosto sobre os seus dedos encaracolados.

Um por um, Felismina soltou os dedos, revelando a estrela a piscar na sua palma. Levantou a mão e arremessou a estrela à noite. A estrela não subiu. Orbitou em redor dos corpos, tal lua que descreve uma esplêndida dança. A criança apoiava a cabeça nos dedos das mãos erguidas e seguia a dança com espanto. Em breve elas estavam cercadas de constelações estelares.

A mulher levantou-se.

«Vamo-nos. Já chega disto».

«Mas eu gosto de estar aqui. Estamos tão longe de casa e é tão escuro».

A mãe fixou o olhar na escuridão deslumbrante, depois no fogo. Devagar, baixou-se para o assento, tentando afastar com os panfletos religiosos, o fumo que lhe envolvia o rosto.

MÓ,
SEMPRE MÓ

água benta caiu em fio sobre o sono da criança, proclamando-o Maria das Dores. O choro, traído, ecoou no sereno santuário, ascendendo às colunas góticas, de onde ricocheteou dos ouvidos de pedra dos Santos, surdos, após séculos de súplicas paroquianas.

Padre Lucas prosseguiu com a cerimónia do batismo, a voz austera, a desprezar as súplicas do Maria das Dores.

> «Eu arrancar-te-ei o coração de pedra
> E colocarei um coração de carne.
> Eu dar-te-ei uma alma
> E far-te-ei obedecer às minhas leis
> E abraçar a minha prática religiosa».

Maria das Dores, como consolo, moldou o seu delicado corpo de encontro às mãos da mãe, tal como os vasos de barro no altar se moldaram às mãos dos seus criadores.

Engolfada em preto, imagem de solo queimado e devastado, a brotar do seio a delicada e branca rosa do seu ser, Eufémia, a mãe da criança, rezava em silêncio.

«Deus Senhor, que me abençoastes com esta vida preciosa.
Que Maria das Dores cresça na descoberta da verdade.
Que as suas mãos sejam empregues para transformar o mundo.
Que os seus olhos nunca se fechem aos necessitados».

Durante a cerimónia, os lábios silenciosos de Eufémia corriam num fio de orações em busca de absolvição. Fora a insanidade da dor que a condenara a intervir em matérias tradicionalmente reservadas às Divindades. Ela, uma humilde serva de Deus, ansiosa por atenuar as incontáveis tragédias do mundo, estava certa que o Senhor abençoaria a sua decisão de educar o filho sob os costumes de uma rapariga.

A intervenção da Eufémia em assuntos divinos iniciara-se aquando da morte do marido. Jurou então proteger Maria das Dores, o seu doce naco de inocência, das mesmas garras que usurparam o amado marido. Se Acácio, gentil gigante, estivesse presente ao batismo, estaria segura que ele concordaria com o seu desesperado esforço protetor.

Já em si, Acácio fora um cordeiro sacrificial, o seu único pecado, dependurado entre as pernas, permitindo-lhe o prazer da paternidade, mas por fim, também o sentenciando à morte.

A conscrição chegara a marchar pelo pátio, pontapeando a porta abaixo, como há séculos já sucedera aos seus antepassados, arrebatados na noite e enviados às Cruzadas para chacinar e perecer em terras não suas. E mais tarde, de novo, nos tempos de Acácio, carne como rebanhos enviada rumo às mandíbulas da Europa para sangrar uma guerra numa língua estranha. Ele resistira ao destino, escondido na salgadeira, com o porco esquartejado, enquanto a casa era revistada. No dia seguinte, vendera prumo, nível e colher de trolha, ferramentas do ofício. Pedira um desesperado empréstimo pecuniário, na tentativa de esgueirar-se à morte que pendia no campo de batalha. O dinheiro pagara a fuga subornada, contrabandeado num baú de carvalho, com destino ao Brasil. Brasil, terra de sonhos e riquezas sem limite, de onde sonhara voltar, vivo, e com a promessa de riqueza realizada. Ao fechar o baú de Pandora, enviara de sopro à Eufémia um beijo de esperança.

Uma vela desamparada, ardia junto à pia batismal, penetrando a escuridão da igreja. Maria das Dores persistia no seu protesto ruidoso. Os dedos gélidos da água benta alongavam-se na testa e queimavam a pele tenra. Padre Lucas apressou os derradeiros passos da cerimónia do batismo.

«Que Jesus Senhor toque os teus ouvidos para receber a Sua palavra, e a tua boca para proclamar a Sua fé, para o louvor e a glorificação de Deus. Amem». O polegar do Padre Lucas roçou as orelhas e a boca de Maria das Dores. Finalizou com o sinal da cruz na testa da criança.

Eufémia caminhava à pressa de regresso a casa, pernas a cortar o nevoeiro que cobria a aldeia. Em casa, no banco, debruçada sobre a lareira, e segurando Maria das Dores num braço, acendia a fogueira matinal para combater arrepios implacáveis que a atormentavam. Arrepios, que lhe lembravam a noite assombrada, semanas antes, quando se aconchegara ao fogo, fumo a arder nos olhos, mãos descansadas na lomba do regaço dilatado, e recebera palavra da morte de Acácio.

«A vontade de Deus», um mensageiro do seu pai, sugerira.

«Que raio de Deus fecha alma sua num baú, nos fundos de um barco de carga, enterrando vivo os seus sonhos», ela rugira.

Palavras vãs tentaram consolar a torrente de lágrimas que inundara a cozinha, enviando tachos a rodopiar pelo ar e vidros a esborrifar das paredes, quais rios que se esmagam contra as rochas e mordem os olhos de quem vê. A tempestade eventualmente rebentara-lhe as águas embarriladas e a mágoa afogara-se debaixo do dilúvio da dor de parto.

Domingo, à distância, os sinos de igreja anunciavam o fim da missa enquanto que o último visitante da Eufémia se apressava a casa. No regaço da mãe, Maria das Dores chorava. Eufémia entrou no rio gelado, serpenteando por trás do seu abrigo, e esfregou o suor que lhe impregnava a pele. Os seios ardiam de inúmeros rostos não barbeados. Eufémia desabotoou a blusa e chegou Maria das Dores ao mamilo. A criança aquietou-se.

Eufémia salpicou água entre as coxas e cantou o fado numa voz fúnebre, um gemido melancólico a crescer das profundezas.

> «Rio de águas claras
> que para o mar correis
> os tormentos que eu padeço
> nunca a ele revelareis».

As lágrimas flutuavam pela corrente, um dia de viagem até ao Atlântico, onde ela acreditava que o pesar do mundo era preservado num boião descomunal. A pura e cristalina dor dos menos afortunados, a flutuar para lugares longínquos, mas destinada a regressar um dia para temperar os refinados paladares dos privilegiados.

Na manhã seguinte, Segunda-feira, o rio presenciou a congregação de mulheres que se ajoelhavam e esbofeteavam as ceroilas dos maridos contra lajes, as suas mãos entorpecidas pela água gélida. Os punhos torciam as camisas dos maridos pelo pescoço e até que essas sangrassem estranhos perfumes de prazer. As águas manchadas e silenciosas, sem uma onda de descontentamento, expurgaram as roupas e levaram a sujidade para longe de todos os olhares.

No Domingo em que satisfez a última das dívidas do Acácio, Eufémia encaminhou-se para as águas, queixo alto e dorido, deveres mundanos honrados. Ajoelhou-se na margem e examinou a sua reflexão. Agonizou sobre as rugas prematuras, o esbranquiçado nas fontes, as manchas negras no olhar, a assombração em que se convertera. Eufémia entrou pela água sedosa, e a cada passo, a saia ascendia, flutuando à superfície como uma orquídea negra abraçando o torso e vagarosamente fechando as pétalas, engolindo o corpo. A última lágrima de Eufémia uniu-se à corrente e, o corpo desgostoso, finalmente murchou de inúmeras noites de prantos solitários, iniciando uma peregrinação que terminaria no salgado Atlântico junto do amado Acácio.

Rio acima, não longe, Maria das Dores esperava no aconchego de uma azenha. Ouvia o gargarejar da água no exterior e o arrulhar dos pombos a construírem ninho nas vigas. Impacientemente, esperava a voz cristalina da mãe. Um prato de tremoços segurava um pedaço de papel colocado pela Eufémia à saída. Os tremoços, noutras circunstâncias devorados prontamente, mas agora impedidos por um nó na garganta de Maria das Dores, eram lançados desinteressada-mente, um por um, debaixo da mó. Maria das Dores detestava os Domingos da sua casa povoada de tabaco.

Ambrósio, o homem mais abastado em Vale D'Água Amargurada, amachucou o papel e atirou-o ao rio. Teve pena da órfã de Eufémia, filha relegada. Eufémia que fora a derradeira esperança de Ambrósio para uma união conveniente com um proprietário envelhecido, não fosse a sua fuga de casa, para desposar um trolha e procurar refúgio entre paixões de paredes nuas. Ambrósio, homem casmurro, de crenças vincadas, cumpriu o seu dever e ofereceu as boas-vindas à órfã, colocando-a debaixo da sua alçada. A criança acocorava-se pela margem, aos suspiros, a abraçar as próprias pernas, atirando rebentos para a água, seguindo-lhes a trajetória com um olhar murcho até desaparecerem de vista. De pé e a seu lado, Ambrósio sugeriu, «Vem comigo para o teu novo lar. Precisas de uma boa esfregadela, um banho quente de alfazema». Ambrósio ofereceu-lhe a mão e levou a criança por terraços de vinha acima.

Um berro da criada que lavava Maria das Dores, seguido dum alarmado pedido de ajuda, precipitou Ambrósio ao pátio. Aí, debaixo da ramada da vinha, Maria das Dores, erguido pelas mãos da criada, pairava sobre a selha. As pernas escancaradas, lembravam ao Ambrósio a forma como os feirantes mostravam os coelhos à inspeção dos compradores.

Ambrósio encaminhou-se vagarosamente até à criança e beliscou-lhe o toco de carne como para se confirmar da sua existência. Maria das Dores gritou e encolheu-se. Ambrósio esfregou o queixo pensativamente e tratou de restaurar os estragos.

«Enterra o passado, foi um mero pesadelo. De hoje em diante responderás pelo nome de Mário. Entendido?» Ambrósio, expedito, resolvera a tragédia da natureza do sexo.

No dia seguinte, o avô do Maria das Dores, recorreu ao barbeiro que lhe rapou as longas tranças, deixando-lhe a cabeça exposta ao inverno impiedoso. A cabeça nua desencobriu memórias de alvoradas enregeladas, quando a noite ainda se encontrara encarcerada dentro do abrigo, as lufadas de ar frio a colidir com o rosto, como se fossem lâminas de gelo a raspar-lhe a pele. Ele observara os esforços impotentes duma fogueira miúda, chamas denteadas, a serrar, a serrar, o ar congelado. A mãe sentara-se num banco próximo do fogo, tão próximo das chamas como jamais alguém se sentaria confortavelmente, e até que o panelão fervesse e a cevada a fumegar lhe desenregelasse os ossos. Depois, a mãe fazia-lhe a trança, puxando e entrelaçando três cordões, como se o encalhado, o do meio, o mais grosso, direito e murcho, não existisse, enquanto que os outros dois lhe agarravam tentáculos desesperados. A mãe entrançara-lhe o cabelo e cantara.

> «Rio de águas claras
> que para o mar correis
> os tormentos que eu padeço
> nunca a ele revelareis».

Tendo as tranças do Maria das Dores desaparecido, o avô recorreu ao melhor alfaiate da aldeia para lhe fazer um fato. O fato acurralava-lhe o corpo, a gravata garrotava-lhe o pescoço e estrangulava-lhe a voz.

Maria das Dores foi forçada a recolher os seus vestidos num fardo, ao lado dum monte de ervas daninhas do quintal, e perante o olhar ameaçador do avô, as mãos trémulas de Mário acenderam o fósforo que converteu o passado em fumo.

Lágrimas nos olhos, a fitar o crepitar das labaredas, Mário compreendeu que os dias de jogar à macaca, aos saltos de quadrado em quadrado, a evidenciar destreza e elegância, na companhia de amigas, haviam terminado. Já sentia saudades do ar fresco, aos rodopios dentro da saia de pregas vermelhas, a beijar-lhe as coxas com lábios delicados. Sentia saudades dos dedos de sol, a acariciar-lhe os joelhos, deixando um formigueiro residual na pele. Fora condenado à ferocidade de brincadeiras de rapazes, às suas pisaduras e cabeças rachadas. As pernas vacilavam em receosa antecipação e o estômago vomitou sobre a fogueira.

Ao fim da tarde, o avô forçou-o a recolher excremento de galinha, uma tarefa tédia pelo quintal até encher o balde. O avô, de pé, encostado à laranjeira, deu ordens ao Mário para que espalhasse o excremento numa camada valente sobre o peito, «Sê generoso», o avô instruía, «é melhor prevenir do que remediar. No fim de contas, isto está a fertilizar a virilidade». E instrui-o a passar depois sobre as bochechas e o queixo porque era sem dúvida o melhor adubo que um homem jamais encontraria, como o avô comprovou, ao mostrar o matagal no peito, matagal atribuído à intervenção do seu próprio pai pela mesma idade do Mário.

Mário detestava a retrete. Escapava-se aos olhos vigilantes do avô e preferia refugiar-se num canto do quintal, por trás dos feijões a trepar pelas varas, e assim urinava, de cócoras, precisamente como a mãe o ensinara. Debatia-se com as calças, que o prendiam pelos tornozelos. Ignorava as calças borrifadas, preferindo demorar-se, acocorado, protegido pela cortina da folhagem de feijão. Os olhos acompanhavam o mundo que se desenrolava à velocidade de caracol; um escaravelho a trote por uma folha de erva acima, prestes a voar. Depois, um desalmado para trás e para a frente carreiro de formigas, qual fio preto e trémulo, a remendar as costuras à terra, evitando que se descosesse. Preferia estar de cócoras a estar de pé ao lado da laranjeira, perdendo de vista o viver entre as ervas.

Foi lá, de cócoras, por trás dos feijões, que ouviu pela primeira vez, e por acaso, um grupo de jornaleiros do avô, a conversar sobre a verdadeira tragédia dos últimos momentos de vida do pai. Acácio, com inúmeros fugitivos, e à mercê, na ilegalidade da fuga, fora escravizado no inferno laborioso da caldeira de carvão do navio. Quando a silhueta da paisagem Brasileira fora avistada, as estrelas fecharam os olhos aos corpos, que empurrados, se esforçaram por permanecerem à superfície de águas infestadas por tubarões.

«Um homem pode sempre contar em encontrar alguém pronto a aproveitar-se dos sonhos e das incertezas dos pobres». Ouviu-se um clamor de concordância e de seguida outra voz adiantou. «E os ricos, Deus do Céu, compram a dispensa das guerras», o jornaleiro concluiu, limpando a boca às costas das mãos e erguendo-se para outra tarde de trabalho.

As pernas do Mário vacilaram como rebentos de milho ao vento e ele desfaleceu. A partir de então, Mário decidiu que a pobreza era uma maldição, uma ruína a evitar a todo o custo.

À mesa de jantar, uma lanterna de azeite separava Mário do avô. Mário saciava a fome com broa, evitando a tigela de sopa de cabaça à sua frente.

Ambrósio, em constante alerta, visando melhorar o caráter de Mário, reparou na aversão à sopa de cabaça e, de imediato, ordenou aos criados para daí em diante servirem Mário com nada mais do que três tigelas diárias de sopa. Uma medida temporária até ao dia em que Mário proclamasse, de livre vontade, agradecimento pela sopa de cabaça. «A fome é o melhor tempero», o avô anunciou, concluindo que um homem era criado para ultrapassar desagrados, para pegar nesses desafios, da mesma maneira que se pega um touro, pelos cornos, forçando-o a ajoelhar-se em submissão. «O dia da vitória acerca-se quando a mente subjuga o corpo e a razão as emoções». A voz do avô trovejou e os punhos martelaram na mesa, tombando a caneca do vinho vazia.

Ambrósio, em pé, de mãos entrelaçadas atrás das costas, marcava passo pelo perímetro da mesa. Parou atrás de Mário. Depois, debruçou-se. Mário conteve a respiração. Sentiu o bafo quente a soprar das narinas do avô e a queimar-lhe a nuca.

«Um homem da tua elevação e riqueza, deve contar com uma vida cheia de desagrados. Uma firme mão de ferro, livre dos obstáculos de sentimentalismo, é virtude mandatória na expansão das riquezas acumuladas. É o dever de um homem». A mão esperançosa do avô aterrou no ombro do Mário.

No regresso da Feira, a galgar a distância com passos ligeiros, Mário cruzou-se com a mais pobre das pobres aldeãs, uma bastarda de bastardas, poupada à fome por uma senhora de escrupulosa ética religiosa. Mário imediatamente reconheceu os olhos vagos dum órfão e enamorou-se do sorriso triste e apologético. Enamorou-se dos olhos crepusculares que solicitavam pouco da vida. Mário deu meia volta e encaminhou-se de novo para a Feira. À distância, seguiu o matraquear dos tamancos da rapariga nas pedras, adocicando-lhe os ouvidos.

Uma vez na Feira, ela parou na tenda do bacalhau onde escolheu dois rabos secos. Mário entrou na tenda dos petiscos e mandou vir uma sardinha na brasa com um naco de côdea. Encostado ao poste, observava-a, dirigindo-se sem pressa para a tenda dos tecidos. Ela deslizava os dedos sobre as sedas, demorando-se nos encarnados. Experimentou um vermelho vivo contra o corpo. Devolveu-o e virou-se para os linhos. Pesou uma braçada de linho. Nos seus devaneios, Mário abraçou-a, embalou-a, romanceando a oferta do amor e da proteção que ela necessitava.

Ao portão, Ambrósio esperava o regresso do neto. Mascava tabaco e cuspia as papas num longo sopro para o lado oposto do caminho. Na sua absorção nem se preocupava em fingir que levantava o chapéu às pessoas que o cumprimentavam. Notícias dos afetos adolescentes do Mário chegaram-lhe aos ouvidos com a presteza de um aviso de nortada.

À distância, Mário avistou o avô ao portão, e chegou cabisbaixo, a admirar os sapatos de cabedal empoeirado.

«Já vejo que tens um fraquinho por calçado esmerado. Espero bem que continues a merecer o que calças!»

Mário permaneceu emudecido.

«Ela está de olho na tua herança. Deverias interessar-te pelas filhas do Neves. Mulheres bem dotadas». A atenção do avô do Mário visava menos os dotados peitos, do que o dote, o qual prometia férteis expansões de terra, assim como rios de leite e mel.

Mário, sob ameaças de ser deserdado, foi estritamente proibido de se abeirar da rapariga.

Hesitando entre a ânsia do coração e os confortos dos ossos, Mário enterrou sonhos de fugir com Maria da Saudade. O presságio de um regresso a um passado destituído, a cevada simples, o bafo gélido, aliados à perturbadora história do destino do pai que perdurava nos ouvidos, alimentou-lhe o aprisionamento aos confortos e privilégios do telhado do avô.

Todavia, a relação de Mário e Maria da Saudade prosperava ao luar, abrigada por ramadas, telhados de medas, crescendo em furtivos sussurros. Impaciente, regressava das escapadas para se ajoelhar à cama e rezar à Nossa Senhora de Fátima, dependurada num sorriso amarelecido. Rezava pelo fim misericordioso do coração do avô.

«Lembra-te, Ó graciosa Virgem Maria, que quem te pede proteção, implora ajuda, ou pede intercessão, jamais foi abandonado nas suas preces».

Paciente como o boi, sereno como a coruja, Mário obedientemente trazia ao avô o noturno chá de cidreira. Nos meses seguintes, observava a saúde do avô a deteriorar-se, até que finalmente, os ossos idosos caíram na inércia da cama, deixando Mário acorrentado, tenuemente, ao respirar dificultado do avô.

Mário herdou a fortuna da família. Desiludiu as esperanças do avô, desapontando na suavidade da sua voz, na ternura do seu coração. Se o sol se esquecia de brilhar sobre os menos afortunados do Vale D'Água Amargurada, ou o solo se recusava a dar o sustento de um ano de labor, Mário recusava a coleta de rendas aos pobres das suas terras.

Agora que o caminho se encontrava desimpedido, Mário aplicou-se nas preparações da muita esperada união com Maria da Saudade. Planeou o casamento mais alegre e esmerado do vale. Matou porcos, frangos e vitelas. Um tonel do melhor vinho foi colocado de parte. Um fato novo, com gravata a condizer, foi talhado para acomodar a acrescida rechonchudez. Sedas de vermelho vivo decorariam mesas e cortinas. Tudo prosseguia a preceito até que Padre Lucas, ao folhear registos paroquiais para redigir a licença de casamento, e não conseguindo descobrir o nome do Mário, lembrou-se de ter batizado Mário à um quarto de século, e declarou em nome de retidão moral e de Divina decência, que não poderia pronunciar Maria das Dores e Maria da Saudade, mulher e... mulher.

«Dei-te o teu nome, e como tal pertences-me», Padre Lucas citou Isaías, relembrando a Mário que no último julgamento, Deus o chamaria pelo nome. Na opinião de Padre Lucas era evidente que Mário continuava a ser Maria das Dores aos olhos de Deus.

«Isto é um caso de blasfémia». Padre Lucas encolerizou-se face à mistura de Marias que contrariava todas as boas regras de procriação. O treino eclesiástico não o prevenira.

O desespero desceu sobre o casal, e por entre um abraço de lágrimas, aperceberam-se que a severidade das suas tribulações só agora começara. Já não era a vontade de um homem teimoso, o avô, mas sim o abismo de séculos de tradição e preceitos religiosos, petrificados em costumes, que lhes impedia a união.

Mário procurou um último recurso, o apelo à autoridade mais divina na terra, o Papa. A petição foi acompanhada por uma doação generosa para facilitar a expressão da vontade de Deus, e com um lambidela, a reverente petição foi selada. O destino nas mãos do Papa.

A partir daí, depois da missa de Domingo, à espera do veredicto do Papa, Mário e Maria da Saudade abraçavam-se na azenha. Olhavam fixamente o peso da mó que seguia o caminho marcado, às voltas e voltas, e atiravam tremoços, observando a carne delicada, despedaçada sem rodeios.

O PERFUME DA MENTIRA

N unca tivemos má fé contra a Camila Penca. Simplesmente rezámos pelo regresso do sossego e da harmonia à aldeia e, graças a Deus, as nossas preces foram ouvidas.

Camila nasceu de boa gente, na nossa respeitada aldeia, anichada entre os dentes aguçados do penhasco da Baía da Boca do Inferno. Uma aldeia ainda de pé, com orgulho e oposição, após séculos de ira Atlântica. Camila cresceu no seu próprio mundo, subia e descia o escarpado colecionando penas de gaivota, chapinhava nos lagos de maré baixa, depenando os ouriços-do-mar, *bem-me-quer*, *mal-me-quer*, depois com as primeiras ondas da puberdade, *ama-me*, *não me ama*.

Alguns dizem que Camila sempre mostrara inclinação para criar sarilho. Certamente que existiram momentos de maldade, como quando espiava as pessoas nas retretes ou se empoleirava no peito das outras raparigas para lhes ajudar a criar musculatura nos seios. Mas quem nunca passou por tais momentos?

Sobretudo, culpamos o falecido Ti Bernardino Mudo por ter deixado a boca do poço escancarada ao céu. Camila nunca foi a mesma depois de ter sido pescada do quase enxuto poço. Encurralada no fundo desse buraco, com os cheiros das vigas de madeira apodrecida, do doce musgo e dos ares de mar salgado, a irritar-lhe o nariz, Camila aninhou-se na poça de água, a espreitar para um céu que se assemelhava a um buraco de agulha. Nem mesmo o murmúrio consolador das ondas encontrou os ouvidos da Camila. Gaivotas e ratazanas eram a única companhia. Gaivotas, aos saltos de viga em viga, lá no cimo, desalojando miolo de terra que lhe chuviscava no cabelo, e ratazanas, a correr-lhe pelo corpo em busca de perdidas espinhas de peixe.

Deus Nosso Senhor perdoe tais pensamentos, mas uma pessoa quase desejava que Camila nunca tivesse sobrevivido à queda no poço amaldiçoado. Fizemos buscas em terra. Lançámos as redes ao mar e passámos a Baía a pente fino, tudo na esperança de encontrar o corpo emaranhado no sargaço. Espreitámos nos decotes das rochas, mas sem sorte. Na companhia da lua e das estrelas, a mãe esperava-a na praia, carpia o regresso do corpo, como meses atrás já esperara pelos braços das brumas até que finalmente lhe devolverem o marido. Ao nascer do sol foi ela quem avistou a gaivota, atada ao balão verde, a esvoaçar sobre os rochedos. A Camila guardava um balão verde no bolso desde catraia, «um dia levantar-me-á ao céu como ao Ícaro», cantava ela.

A gaivota levou-nos à Camila e nós pescámo-la do poço húmido. Toda a gente desejava acariciar e beijar a rapariga. O Presidente da Câmara, Tadeu Ressaca, cheio de pompa e a tresandar a água de colónia, esgueirou-se da balbúrdia e recheou-a de beijos. A sua voz trovejante prometeu que daria o nome de um quelho da aldeia à Camila, paralelo ao do pai dela e logo que as ruelas fossem pavimentadas no próximo mandato. O Padre Batista abençoou Camila, assegurando-lhe que nas suas preces sempre soubera que ela descansava nas boas mãos de Deus. A Professora Dona Branca disse à Camila que rezou o terço todas as noites e, que desse dia em diante, Camila jamais se deveria preocupar com trabalhos de casa. Camila mexeu-se nervosamente e espirrou, dizendo-nos para acabar com a conversa pois ela farejava as nossas mentiras. Nós rimo-nos. É sabido que uma queda de tão alto mexe sempre com a cachimónia. Contudo, os seus olhos aterrorizados e fincados acima das nossas cabeças, bem como o espirrar persistente, passaram despercebidos no meio da algazarra do salvamento.

Após anos a desperdiçar aldeões ao mar e a perder esperança em milagres, congregámo-nos para rezar à Santíssima Trindade e à Virgem Maria, agradecendo a proteção oferecida às almas cristãs e o regresso da criança ao nosso seio. A homilia do Padre Batista desbobinava as virtudes da fé cristã. Ele assegurou-nos que o sucesso do salvamento da Camila se devia à recompensa divina pelas escassas almas que ainda se deslocavam à novena e resistiam às armadilhas do diabo, na forma das sopeiras da taberna do Ti Inácio. O diabo tentava as pessoas por buracos escuros dentro. A Camila desatou a espirrar sem parar, gritando, «Mentira». No púlpito, o perplexo Padre Batista corou, e no coro, a Freira Maria, olhava fixamente o seu hábito.

Interrompemos a missa e embrulhámos a Camila num cobertor, imaginando que a humidade do poço lhe trouxera tais espirros infernais.

Antes de recomeçar a missa exigimos que Camila confessasse os seus pecados. Obrigámo-la a expurgar qualquer pecado esquecido que pudesse ter causado Deus Nosso Senhor a infligir-lhe tal penitência. Acotevelávamo-nos em redor do confessionário e ouvimos Camila confessar ao Padre Batista que ela farejava as mentiras. Umas mentiras disfarçavam-se, dissimuladas sob pele de perfumes dispendiosos, outras disfarçavam-se sob pele de estrume. Vestidas de perfume ou estrume as mentiras exalavam um subtil, mas nunca enganador, cheirete a peixe podre. Cheirete que desencadeava um desalmado grito de gaivota das entranhas de Camila. Mas quando Camila se lembrou do Ato de Contrição nós suspiramos, aliviados.

De volta à missa, cheiramos o ar. Não havia rasto de cheiro a peixe podre, somente a doce fragrância de velas a pingar e o perfume do incenso de rosa proveniente do altar. Nem podíamos culpar a Rosária Cardo. Rosária que chegava sempre tarde e apressada ao seu lugar, a limpar as mãos às ancas, escamas reluzentes atracadas à saia. Contudo a Rosária encontrava-se longe, no seu percurso de Sexta-feira pelas aldeias vizinhas. Nesse preciso momento, de certo, a balouçar um cesto de sardinhas na cabeça por um caminho de cabras.

Ti Raúl disse que provavelmente era tudo culpa dele. Depois de já ter vestido a farpela domingueira, e a caminho da missa, teria passado pela praia para dar uma espreitadela ao caneiro. Os cheiros do mar e dos caranguejos decerto que se teriam agarrado à sua melhor farpela.

Padre Batista exerceu a sua autoridade divina e encaminhou a Camila pelo pulso até ao púlpito. Debaixo da imagem da Virgem Maria testou as alegações da rapariga. Começou por contar-lhe que Adamastor, monstro-marinho, tinha guarida na nossa Baía como aliás era conhecimento geral. O nariz da Camila estremeceu, cada vez mais rapidamente, até três espirros explodirem, acompanhados com o grito, «Mentira», anunciando a queda de outra bomba, tal qual explosão de guano. Padre Batista sorriu com satisfação. Ele também lhe contou que um dos segredos da Virgem de Fátima anunciava o iminente fim do mundo. Os espirros da Camila soaram pela igreja e ecoaram como três badaladas de sino. O Padre balbuciou a sua concordância e benzeu-se. Ficou convencido. Nesse momento todos pensávamos que Camila fosse uma mensageira divina, uma bênção.

O Padre finalizou a missa com o coro a cantar em pano de fundo e sem sossego. Sacrificava ele as suas palavras sábias, mas sabia que era preferível inundar o ar com uma chuva de palavras. Deste modo poderia apontar o dedo ao coro sempre que o espirrar da Camila ameaçasse a veracidade das águas bíblicas. A inspirada solução do Padre Batista impulsionou a nossa Avé Maria de agradecimento. A partir daí, o Senhor Presidente Tadeu Ressaca, encorajado pelo sucesso do Padre, nunca mais discutiu o orçamento autárquico sem colocar Dona Branca a seu lado a ler o jornal em voz alta.

Enquanto a Camila recuperava da recente prova de fogo no poço, confessou-nos que farejava as mentiras que pairavam sobre as nossas cabeças, do mesmo modo que nós avistávamos uma trovoada de verão a amontoar-se no topo da Serra do Senhor do Frutuoso.

Noite e dia não tínhamos descanso. Era como se um nevoeiro denso tivesse pousado do mar e cobrisse a aldeia. A trombeta do nariz da Camila ecoava contra os rochedos, pelas ruelas de paralelos, e entrava pelas casas sem bater à porta. Nem mesmo os sussurros de maridos e mulheres nas camas matrimoniais estavam isentos ao nariz da Camila. Ti

Severina e Ti António, depois de cinquenta anos de casamento feliz, cortaram relações e Ti Severina arremessou o travesseiro do Ti António para o curral das cabras. Na cama estavam a sussurrar palavras de mel, «Minha Severina querida, singela paixão da minha vida», no preciso momento que um espirro de Camila se fez ouvir, gelando as pérolas de amor à testa. Ti António, apanhado boquiaberto, deixou Ti Severina atormentada pela dúvida. Marido e mulher nunca mais concordavam se a mentira, como uma pega de má sorte, se empoleirava noutro quarto da aldeia ou no próprio. Casais discutiam pelo escuro sobre quem mentia e sobre o quê.

Começámos a andar pela aldeia como fantasmas, olhos inchados, irritados, face a qualquer íngreme dificuldade. Os Mudos e os Silvas, famílias firmemente entrelaçadas após séculos de alianças sanguíneas, recusaram-se a falar e proibiram os seus catraios de brincarem juntos. Tudo isto porque Marcelino Mudo, à espera da sua vez na padaria, exigiu em voz alta à Carolina Silva, o beijo anual, prometido durante namoricos de miúdos. Carolina pegou nos seus catraios e com um em cada anca marchou de ali para fora a barafustar com o Marcelino para de uma vez por todas conter a sua língua de moreia, aconselhando-o a ir beijar os ouriços-do-mar.

Nós não nos atrevíamos a falar individualmente. Para evitar sermos apanhados com a língua ao dependuro, as conversas desenrolavam-se com toda a gente a tagarelar simultaneamente. Nós não dávamos ouvidos ao próximo. Os assuntos da aldeia começaram a desmoronar-se. Uma língua apanhada a dançar ao léu, durante um ataque de espirros de Camila, era imediatamente sentenciada ao destino da solha em terra — dependurada a secar debaixo de uma nuvem de dúvida. Camila avisou-nos que os sete pecados mortais eram como um poço profundo, a mentira era a tampa que impedia a sua expiação. Camadas e camadas de pecados apodreciam na escuridão das profundezas e um pecado nunca nascia só. Existia sempre isca.

Ter uma simples criança a castigar-nos como pecadores não era uma espinha que a aldeia estivesse pronta a engolir. Isso era entre Deus e o próprio. Pecados eram um assunto privado e ninguém vivia sem acumular uma rede farta. Mas quando as pessoas cometem pecados em conjunto, então já estamos a falar de malvadez, mas isso é outra história.

Ti Raúl, a remendar as redes na praia, sugeriu que não era culpa da Camila. Ela era um anjo celeste. Um verdadeiro Anjo da Guarda, mantendo-nos no rumo certo, salvando-nos de afogamento no inferno eterno. Ele insistia que se nós simplesmente nos comprometêssemos a falar a verdade para com os outros encontraríamos felicidade e harmonia. Marcelino Mudo, encostado à proa do barco, sempre pronto a fazer ondas com a sua língua de raia, disse ao Ti Raúl que as suas ideias de cabeça de amêijoa eram malucas. Toda a gente precisava de abrigo do mundo cruel. Ti Raúl, apontando ao mar, insistia que pescávamos no mar aberto, onde não existia refúgio, face ao vento, neblina, chuva, e sobrevivíamos. Marcelino Mudo resmungou que ele estava a esquecer-se dos afogados. Ti Raúl beijou o crucifixo de ouro, dependurado ao peito, e fincou o olhar na manta de neblina que envolvia o céu, antes de declarar que também era a nossa ignorância que causava os afogados. Ninguém se preocupava em aprender a nadar. Ti António, até então silencioso, levantou o barrete para coçar a sua careca e relembrou o Ti Raúl que a maioria das pessoas, na sua honestidade, não se apercebia que faltava à verdade pois passara a vida a sussurrar pelos buracos das redes. Marcelino Mudo lançou âncora à conversa, sugerindo que Deus nos estava a punir por pecados velhos e enrugados.

Estávamos à beira do desespero e próximo de cometer algo diabólico, se não tivéssemos tomado o leme às coisas, no intuito de trazer a paz da aldeia de volta ao seu merecido lugar no nosso seio. Com a bênção do Padre Batista, vigílias à luz da vela rodeavam o poço do Ti Bernardino Mudo, orações incessantes purificavam os espíritos podres que infestavam a escuridão do buraco. Nós até descemos a Camila numa corda enquanto que o Padre Batista a abençoava e ao poço com águas bentas do mar, mas sem sorte. O seu espirrar não desistia. Ela gritava em protesto que era a aldeia e não ela que precisava de ser dependurada no fundo do poço apodrecido para se ver refletida nas poças obscuras. Insistia que éramos enguias escorregadias, escondidas em fundos turvos. Sendo assim acendemos mais velas e rezámos com mais fervor. As últimas palavras da Camila foram para dizer que nunca poderíamos afogar a nossa consciência. A água do mar devolvia tudo prontamente. Pobre rapariga, estávamos a tentar ajudá-la.

Na manhã seguinte a aldeia acordou no silêncio. A neblina dissipara-se milagrosamente. O oceano dormia sem agitação, refletindo o azul do céu. Até a Esmeraldina, jovem viúva, que jurara jamais mostrar a cara ao dia, abriu uma nesga das portadas, curiosa ao escutar o murmúrio marítimo da multidão congregada no largo. Ti António observou que a manhã cheirava como o ar após uma tempestade, doce e serena. Ti Raúl, que quase afogara na sua juventude, disse que as águas tranquilas lhe lembravam o fundo do mar. Durante as tempestades marítimas os pescadores dizem que o fundo do mar se mantém sereno, e que essa é a razão pela qual os afogados chegam a terra com um sorriso pacifico, mas sem olhos. As criaturas das profundezas roubam-lhes os olhos. Olhos distraem as pessoas de avistarem a verdade, avistarem o caminho de regresso a terra. As criaturas do mar escondem os olhos dos pescadores em conchas de boca fechada onde os olhos enrijecem até se transformarem em pérolas cintilantes que só servem para admirar a vaidade. Com os olhos fixos nas águas brilhantes Marcelino Mudo disse que já tínhamos chegado ao fundo do assunto com Camila. Toda a gente concordou.

Camila não se avistava. Procurámo-la sem sorte. Lançámos redes à água. Esquadrinhámos a Baía de ombro a ombro. Dia e noite, a mãe da Camila, ajoelhada na praia, chorava a sua alma ao céu. Depenava ouriços-do-mar, *odeia-me, não me odeia*. Quatro das mulheres mais robustas da aldeia seguravam-na, ela resistia, possuída pelo ímpeto de correr para o mar, num momento, correr pelo escarpe acima, noutro.

As gaivotas a mergulhar no mar estilhaçavam o espelho cristalino. Um bando de crianças, de fisgas em mão, afastava os gritos das gaivotas da Baía da Boca do Inferno. Uma criança disse que avistou um balão verde a esvoaçar para o mar, mas nós estávamos lá todos e sabe-se que a luz matinal a refletir nas águas engendra uns truques do diabo em qualquer cabeça.

Nunca saberemos o mistério dos desejos de Deus ou o destino da Camila Penca. Usufruímos novamente do antigo sossego e selámos bem selada, e para sempre, a boca do poço do Ti Bernardino.

SARDINHAS E BOLOTAS

O apregoar da peixeira ergueu-se da sombra da varanda de madeira. O Afonso, profundamente entorpecido nos seus sonhos, acordou.

«Fresco. É fresco do mar! Cheguem-se, cheguem-se. Vejam por si mesmos. Do mar até à boca um saltinho de alegria!»

O martelar dos tamancos das mulheres nas lajes sobressaltou-o da cama com mais ímpeto do que ao receber um dos baldes de água da Eulália.

Afonso abriu as esguias portas envidraçadas da varanda, convidando pela casa dentro as vozes que escalavam a parede aos ombros do ar matinal. As vozes infiltraram-se pelas frestas das portadas de madeira que deixara fechadas para amparar o escuro. Regressou ao leito.

«Despachem-se povo despachem-se. Sardinhas vivinhas e carapau a dançar até aos vossos pratos».

Afonso estremeceu, imaginando a realidade de sardinhas de há dois dias, de olhos opacos, de corpo flácido. Os olhos límpidos e o encarnado vivo de guelras acabadas de pescar, meramente uma miragem.

Ouviu os passos pesados de Eulália a entrar pelo quarto.

«A peixeira chegou. Que queres?»

«Uma solhazita não era mau…»

«Ai que lata. Mima o teu paladar de realeza quando tiveres bolsa para tal». Com destreza apoderou-se de um tamanco e arremessou-o à cabeça de Afonso. Ele aninhou-se debaixo dos lençóis. O tamanco embateu no crucifixo dependurado na parede. Bem melhor que um balde de água, pensou Afonso, enquanto Eulália prosseguiu. «Sorte a minha conseguir regatear os restos com mais espinhas do que peixe e que até o gato do vizinho despreza».

«Vá, sardinhas então». Uma escolha mais acertada, raciocinou Afonso. Sardinhas continham uma inundação de espinhas, demorando duas vezes mais tempo a comer, iludindo o estômago na fantasia de um festim interminável. Mesmo as sardinhas meias podres eram um regalo para gentes da serra. Ele lembrava-se das sextas-feiras, quando ainda só chegava pelos joelhos da mãe, a vê-la a amanhar sardinhas e, no fim, as escamas colavam-se ao vestido dela de viúva; estrelas cintilantes num céu negro mostrando-lhe o caminho da Via Láctea.

O enclave da Comba, pousado na crista da serra em socalcos, estava tão remotamente suspenso, que nem almas perdidas do Vale D'Água Amargurada lhe atravessavam o lugar. O esguio caminho, mais adaptado às patas de animais bravos do que a pés descalços, só trazia um visitante; Rosária Cardo ao fim do seu trajeto semanal.

O sol de meio dia queimava o lençol de sal que cobria o tabuleiro de peixe e emancipava os perfumes do mar. Pela janela aberta de Afonso a libertada maresia trepava-lhe para o quarto e espevitava-lhe a esperança de anos futuros mais prósperos. Ele imaginava o som de ondas, a areia doirada. O ano em que ele e a Eulália, devido à saúde das crianças, embarcaria numa peregrinação costeira à Baía da Boca do Inferno. O dia de caminho seria iniciado sob a lua cheia, garantindo uma chegada de madrugada. Juntar-se-iam aos aldeãos com posses para esbanjar e que todos os anos desaguavam no mar. Um fio de povo a descer a serra numa procissão até à costa, rumo às celebrações de fim de semana do São Bartolomeu do Mar. No último dia de Festa ele mergulharia o seu recém-nascido no mar como precaução contra mazelas comuns ou, se necessário, banharia a criança demoradamente para purificá-lo de pragas específicas – gaguez e epilepsia. Caso o vento uivasse e as ondas espumassem, as águas seriam especialmente eficazes para o proteger do pavor do medo. As águas, igualmente com fama de promover a inteligência e a boa disposição, também o atrairiam e à Eulália. Ele tiraria partido da oportunidade para se lançar às ondas, completamente vestido, para reavivar a bênção e a proteção do mar. Através dos anos a proteção poderia esbater-se nunca sendo a sua renovação excessiva. Na jornada de regresso ele e a Eulália caminhariam vergados, sob o peso dos sacos de sal que iriam encher as salgadeiras e conservar o porco durante o inverno.

Contudo Afonso – e desde que ele próprio fora recém-nascido — nunca se banhara nas águas do mar. E semanas haviam decorrido desde que um dia airoso lhe oferecera um vislumbre da distante costa enquanto que ele labutava da posição vantajosa das leiras no topo da serra. Dessa posição vantajosa chegava-lhe o canto da Rosária Cardo a trepar pelo trilho, e muito antes das suas varizes. Cantava para consigo própria sob três camadas de tabuleiros a balançar na rodilha. Avistava o gingar das ancas a agitar os cristais de sal cobrindo o carregamento de peixe e espalhando-os em chuviscos ao seu redor. Em breve as mulheres e os homens abandonariam as suas enxadas e apressar-se-iam ao seu encontro no largo da aldeia.

Sob a varanda de Afonso florescia a comoção com a chegada de mais mulheres dos campos. As suas vozes facilmente afogavam o som do ribeiro que corria nas traseiras da casa, rumorejando pelo quintal, quando elas marralhavam o preço e a frescura do peixe. Ele imaginava os homens sentados nos degraus do cruzeiro que se erguia no centro do largo, fincando um ouvido na conversa. Homens fingindo não prestar atenção ao que se passava, a torcer bonés nas mãos, todavia impacientes para escutar as novas do mundo externo, trazidas pela língua da Rosária Cardo.

«Quais são as últimas do litoral, peixeira?»

«Salazar mandou palavra para todos os homens do reino, seja ele manco, cego ou mudo, para o ajudar a calar as revoltas d'além-mar». O clamor de preocupação da gente ergueu-se acima do pó. Rosária prosseguiu. «Por todas as aldeias que calcorreei não encontrei homem que tenha recusado o apelo do Salazar».

«Mesmo os homens da Baía da Boca do Inferno?» perguntou alguém, gerando uma gargalhada coletiva. Os homens da Baía tinham fama de nunca recusar um convite para guerrear.

«Vamos enviar os nossos homens para nos defender, pois então», concordou uma mulher e as restantes anuíram com um abano da cabeça.

Após as vozes se dispersarem, Afonso ouviu Eulália a regatear com a Rosária, trocando ovos pelas sardinhas que restavam. Depois colocou-se atentamente à escuta seguindo os seus decididos passos a ecoar pelas escadas acima.

«Ouviste as novas?»

«Hummm…»

«Belmiro Cabeça-de-Aço já embrulhou a trouxa para ir ajudar o Salazar a combater os insurretos».

«Que o faz ter tanta pressa para morrer?» Afonso balbuciou, escondido sob os lençóis.

«É o dever de um homem defender o seu povo e a sua terra. Sempre foi. Sempre será. Disse-lhe que também ias». Ela estava de pé ao lado da cama, de mãos nas ancas.

«Não vou servir de nada. Nunca aprendi a manejar uma arma». Afonso puxou os lençóis para baixo e mostrou o branco dos olhos, seguindo-se o seu nariz de anzol.

«Chegou a hora de partires e provares o que vales. Deixa-te de estar sempre a queixar que não há trabalho decente para um homem na pasmaceira deste buraco».

Lá fora o chocalho das cabras agitou o ar.

«As migalhas que Salazar pagaria não matariam a fome por muito tempo. Até talvez regressasse um inútil mutilado». Afonso enterrou a cabeça debaixo dos lençóis e permaneceu quieto como um morto.

Os tamancos da Eulália tamborilavam no soalho com rapidez crescente.

«O pouco que pagam será mais doce que o nada que agora ganhas. E no que diz respeito a ser inútil, melhor inútil por boa causa do que inútil sem boa razão». Encaminhou-se para as portadas e abrindo-as convidou o dia a entrar. «Um homem saudável como tu… rijo e tudo, a desperdiçar os dias da vida na cama, mergulhado na escuridão. Se pelo menos regressasses ferido ganharias o respeito dos vizinhos. Ferimentos de guerra são sempre desculpa mais honrosa para se estar sem fazer nada. Atava bem atada essas línguas de víbora na aldeia. Dizem que és um parasita e que eu devia abrir o alçapão e atirar-te ao curral da vaca, onde farias mais jeito. Outro bafo de ar quente junto ao animal para aquecer as enregeladas noites da casa. Eles não me o dizem na cara. Ouço-o por trás das costas, sussurros no lavadouro, vento malvado a pôr-me os ouvidos a arder. Sei bem o que lhes tece a mente. Se queres limpar o nome dos Almeida despacha-te, mostra-lhe que estavam enganados».

Como poderia ele limpar agora o seu nome? Depois da febre do primeiro beijo, Afonso prometera a Eulália que ela nunca encontraria razões para se preocupar com o futuro. Ele cuidaria do seu sustento. Ofereceria tanto de dote como o seu rival, Luís Couto. Afonso prometera e ela acreditara. Agora Luís Couto exibia a sua prosperidade recusando-se a dar-lhe trabalho na serração ou nos campos, gozando o espetáculo do seu empobrecimento. Afonso não possuía terras para a sua enxada e eles sobreviviam com uns canteiros de verduras numa leira que Eulália herdara do pai.

«Mas…»

«Mas nada. Mexe esse traseiro. Se amanhã não estás a marchar pela encosta abaixo nem te quero no curral com a vaca». Eulália voltou para a beira da cama, e bruscamente puxou-lhe os lençóis.

«Tem compaixão,» Afonso gemeu, enroscado numa bola.

Afonso ouviu os passos corridos de Eulália pelas escadas abaixo, ouviu o metal da enxada arrastado nas lajes até que ela a levantou ao ombro.

«Caso contrário nunca mais te falo», vociferou debaixo da varanda. O martelar dos tamancos dissipou-se com o afastar da Eulália em direção ao campo.

Afonso não teve pachorra para sair dos lençóis e ir fechar as portadas. A sua mente caiu num breu e ele adormeceu novamente apesar do calor da tarde.

Afonso acordou com o ruidoso suar de sardinhas assadas a gotejar nas brasas e tal perfume regava-lhe a boca. Levantando levemente os lençóis, espreitou. Estava mais escuro dentro do quarto do que lá fora e o gentil rumorejar do ribeiro misturava-se com o crepitar das sardinhas. O som titilava-lhe a boca. Pela janela da varanda avistou nuvens passageiras ocultando o caminho brilhante da Via Láctea.

Chamou pela Eulália. Ouviu um súbito crepitar, depois uma pausa. Eulália parara de pincelar azeite nas sardinhas. Após uma pausa o crepitar continuou. Ela ignorava-o. Ele salivava. O estômago ribombava. O crepitar extinguiu-se. Passou-se uma eternidade antes que ele ouvisse o chapinhar de água.

Nessa noite, Eulália não se preocupara em lhe trazer comida. O seu corpo encolheu-se como se ele se estivesse a afundar. Entrou em pânico. O peito doía e martelava-lhe. Apercebeu-se que não estava a respirar. Sentia-se insignificante e acreditava que caberia dentro da pele de uma mosca. Eulália aferrolhara a entrada do seu coração. Era como se estivesse enterrado vivo e sentia o peso da ira dela a pontapeá-lo no rosto, esmagando-o. E como poderia ele atribuir-lhe culpas? Apesar do silêncio ele observara-a a apreciar o ouro que embelezava o decote da Elvira Couto.

Devagar, Afonso puxou os lençóis para o lado. Rodopiou as pernas e sentou-se na beira da cama, alisando com o ancinho dos dedos nodosos, a barba crescida.

Da cozinha realçava-se o sussurro da voz da Eulália rezando o terço da noite. Hoje, rezaria ela somente pela sua própria alma?

Um objeto aguçado e rijo espetou-lhe as nádegas. Levantou-se, deslizou a palma da mão sobre o colchão de palha e, no côncavo deixado pelo corpo, encontrou o pequeno crucifixo de madeira caído da parede. Devolveu o crucifixo ao prego e fitou a fechada porta do quarto. Reunindo coragem que desconhecia — dum âmago íntimo e sem fundo — arrastou os pés na direção da porta. Haviam-se passado semanas desde que percorrera tão grande distância e as pernas vacilavam, ameaçando sucumbir. Encostou-se à soleira da porta. Levantou o ferrolho. A porta rangeu.

Num banco, Eulália aconchegava-se ao redor das brasas da lareira. Voltou-se para o ver. Ele encaminhou-se até ela, de olhar fixo enquanto que o vermelho incandescente lhe fazia arder a cara.

«Porque me queres ver a marchar para a guerra, na direção da morte?»

«Morrer não é a única maneira de perder um ente amado. Só quero que faças alguma coisa, que me deixes essa cama!»

Afonso ponderou os inúmeros rostos da guerra. Esta colisão de vontades sob um telhado de ardósia, o ir ao encontro dela sem a proteção de uma armadura. Palavras acutilantes. Sangrando. Não se encontrava prevenido para se defender a si próprio porque os olhos dela eram da cor do mel de trigo mourisco e ele só imaginara doçuras.

«Para quê preocupares-te com o que os outros pensam e não com a minha vida?»

Eulália preparava-se para ripostar. Parou repentinamente. Os sulcos do seu rosto enterravam-se com mais vincos do que ele se recordava. Agora, de cabeça pendida, dolorosamente picava as brasas com as tenazes, apertando o rosário na outra mão.

«Sempre pensei que fosse a melhor solução para um homem de virtude. Mais a mais visitarás o mar, verás outras terras».

Duas sardinhas jaziam numa fatia de broa junto às brasas, mantendo-se aquecidas. Um arrepio de ternura subiu-lhe à espinha.

«Eu quero visitar o mar contigo». Com hesitação, colocou a mão no ombro dela. «Vamos embora deste buraco de miséria, Eulália, rumo ao litoral. Os nossos olhos poderão espreguiçar-se no espaço, os nossos sonhos voarão de vento em popa, nunca mais encurralados entre serras».

O suave tinir do chocalho da vaca — no curral em baixo — subia em espiral pelas friestas do soalho.

«Não temos luxos debaixo deste telhado, mas estamos ao abrigo da chuva e temos a nossa leirita».

«Estamos encurralados como gado, Eulália. É uma vida miserável. A leirita dá mais calhaus que couves. O que comeriam as nossas crianças? Vê-me bem a vaca no curral». Afonso levantou o alçapão e um bafo de calor rodeou-o. Tojo pungente, e acabado de cortar, assim como urina, infiltraram a cozinha. Ele prosseguiu. «A vaca vive num curral pouco maior que ela, vive na escuridão. Fá-lo porque tem uma corda ao pescoço».

«Devemos viver com o destino que nos é dado, aceitando o pouco que temos». Eulália, de rosário enroscado nos nós dos dedos, trouxe as mãos ao queixo. Distraída, trincava as contas do terço com os dentes.

Afonso encaminhou-se para a estreita janela da cozinha. A lua vertia luz no quintal. Entrelaçando as mãos atrás das costas, contemplou os suaves contornos no quintal. As vazias paredes do curral do porco, desmoronando-se. Uma enxada a travar a porta do galinheiro. A arqueada e desengonçada cancela do quintal.

«É fácil dizer isso quando se está feliz com o que se tem. Eu sei que o mundo tem mais para me dar que a Comba. Vi um cheirinho desse mundo nos meus sonhos».

A sua fome desaparecera. O carvalho junto à janela erguia-se para além do telhado. Debaixo dele, um mar de bolotas atapetava o chão. Bolotas esperançosas a aguardar que o acaso enviasse chuva e amolecesse a terra. Para então, um braço germinar, à procura dum reduto seu, e prosperar. Outras bolotas esperavam rolar para dentro do ribeiro serpenteando pelo quintal, levadas para longe.

Na casa ao lado dois cabritos berravam, amarrados um ao outro por uma corda curta. Puxavam em direções opostas, esforçando-se por alcançar as manchas de erva. Não conseguiam progredir, paralisados, teimosos. Era irremediável. As patas dobraram-se, exaustas, e os cabritos deitaram-se.

«Desiludi-te. Não te posso dar tudo que desejara».

«Não é verdade, não me desiludiste».

«Já me apercebi de ti a apreciar o ouro na Elvira».

Ela não respondeu.

Ele sentiu o vazio e o silêncio da cozinha no céu da boca. O caudal das palavras exaurira-se. A língua seca e espessa, depois de uma longa pausa a tagarelice da mente, regressou. Olhou demoradamente pela janela, de seguida para o alçapão do curral.

«Não aguento o peso do mundo sobre os ombros. Porque é que se espera que eu me lance sozinho ao mundo para provar do que sou capaz? Porque que é que eu tenho que carregar com ambos às costas?»

O distinto grunhir dum porco preencheu o silêncio. Eulália mudou de posição no banco.

«Eu é que tenho carregado com os dois às costas,» Eulália ripostou, erguendo uma mão, mostrando-lhe as bolhas brancas nas mãos envelhecidas pelo sol. Afonso não precisou de se voltar para vê-las. Ela prosseguiu. «É mais fácil para um homem andar no mundo e deixar a sua marca, conseguir as coisas».

«O preço que um homem paga por isso é alto. E na guerra é a própria vida!» O rosto de Afonso contorceu-se.

O roncar aproximava-se, mais barulhento.

«Compraste um porco, Eulália?»

«Não». Surpreendida, ela abanou a cabeça.

Afonso avistou o perfil sinuoso de um capão, farejando a salsa e a hortelã ao longo do muro. De seguida o capão patinhou para dentro do riacho, saciando a sede.

«Quem deixaria um capão vaguear à noite pela aldeia sabendo que vai desbastar os quintais das gentes?».

«Só os quintais sem muros ou cancelas em condições». Eulália disse em voz cortante. «Menos trabalho para o Luís Couto encher o seu capão».

O capão encaminhou-se à vontade e sem pressas para junto do carvalho, esfregou a pele no tronco. Afonso observou a baba em fios delgados, dependurada do focinho. Na casa ao lado os exaustos cabritos ergueram-se a quatro patas, esticaram as cabeças, espreitando com curiosidade. O capão instalou-se debaixo do carvalho e, por entre o intermitente roncar, vorazmente devorava as bolotas.

Afonso contemplou a lua flutuando no céu, emaranhada nos ramos do carvalho junto à janela da cozinha. Da sua imóvel posição, da perspetiva da esguia janela, ele poderia continuar de pé até de madrugada e a lua, presa de ramo em ramo, nunca se libertaria.

A SINA

Tomás encostou-se à parede da trincheira lamacenta, aparando ferozmente um pequeno cepo enroscado. Conteve-se, controlando a impaciência, não desejando esculpir o entalhe errado. Os nós da mão mostravam-se brancos e os dedos tinham adormecido em consequência do trabalho assíduo, do ar gélido. Tomás soltou da madeira os dedos gelados e aqueceu as mãos nos sovacos, antes de se preparar para disparar ao acaso na direção da noite. Esperou pela resposta obediente da sentinela inimiga. Os tiros ecoaram na colina. Tomás suspirou. Outra hora de silêncio cairia agora sobre as trincheiras.

Com a língua, Tomás selou a mortalha e acendeu o cigarro sob a proteção da samarra. Ao devolver a cigarreira de prata ao bolso da camisa, contemplou o buraco da bala no centro. Na estação de comboio, o seu avô Manecas enfiara-lhe com a cigarreira na mão.

«Poupou-me a vida na primeira guerra», apontando para a caixa, «tenho uma fé que ainda não lhe morreu a sorte».

Passados uns momentos o apito do comboio afogou a voz do avô e o fumo forçou-o a procurar um lenço de mão.

Na trincheira, a cigarreira animou os ânimos ao Tomás, mesmo tendo em conta a sentença que a bruxa lhe revelara durante o seu dia de despedida na aldeia.

Por ocasião da partida de Tomás, Palmira convenceu-o a passar o dia na Feira.

Ele comprou azeitonas, ela tremoços. Andaram de braço dado pelas tendas, ele a cuspir caroços, ela cascas amareladas, espreitando pelas tendas onde feirantes apregoavam, quanto mais esganiçados melhor, louvores às mercadorias. Em breve foram acostados por uma vendedora de coelhos que apresentava um bicho dependurado pelas orelhas.

«Limpinho como um rabo de bebé, sem feridas, sem mazelas. Os meus coelhos são os mais sadios da feira», assegurou a feirante, enquanto que escancarava as pernas do coelho a um dedo de distância do rosto de Tomás.

«Sem dúvida. Mas para onde vou não farei uso de coelhos», disse Tomás com tristeza.

«Leve dois então e eu ofereço-lhe um bom preço. Não há lugar no mundo em que o conforto de uma pele de coelho não dê jeito». A feirante insistiu e deslizou a mão pelo casaco macio do bicho.

Tomás e Palmira abriram caminho. A feirante ainda os seguiu alguns passos pela viela.

«Vossemecê até pasmava se soubesse que brincadeira é criar coelhos, o magro espaço que pedem». Ela apontou na direção das caixas apinhadas onde dezenas de coelhos se encolhiam. Palmira e Tomás apressaram o passo.

Palmira sugeriu que visitassem a bruxa. Estavam comprometidos e ela desejava preparar-se para a ninhada de crianças que o futuro lhes reservava, para o tempo de espera antes do seu regresso.

A tenda da bruxa encontrava-se aconchegada ao canto da Feira, para lá da praça do gado. A tenda, a mais colorida, com listas verdes, vermelhas e brancas, e apesar do fedor da vizinhança, exibia a maior fila de espera em toda a Feira. Só a tenda dos matrecos, onde os homens se aglomeravam, lhe fazia competição.

Em fila, Tomás mexia-se de pé para pé, o coração, na tenda dos matrecos com os amigos. Evitava os olhares de soslaio das outras mulheres em fila.

Após muitas horas sob sol escaldante, a enxotar moscas e a fugir de caudas de boi a badalar, uma mulher, de lenço na cabeça, semelhante ao pano da tenda, convidou-os a entrar. Já dentro, foram imediatamente cegos pela escuridão.

«Bola de cristal, cartas ou sina? A bruxa perguntou, ainda antes que eles se tivessem sentado.

«Sina», disse Palmira decididamente.

«Esquerda ou direita?»

«Qual é a diferença?» Tomás interveio, sentindo necessidade de afirmar a sua presença.

«Evidentemente que existe uma grande diferença. A palma da mão esquerda mostra as tendências de natureza hereditária; a direita abre a porta do futuro e naturalmente é mais cara para ler».

Tomás não gostou dos olhos da bruxa. Pretos e brilhantes, os olhos não lhe ofereciam descanso.

«Bem, apressemo-nos», disse a bruxa, «temos uma grande fila de clientes que desejam conhecer o seu destino. É para ler as mãos de ambos, é?» Ela perguntou à Palmira e acendeu uma vela. A visita era uma questão entre mulheres e elas conversavam como se Tomás não existisse.

«Sim, é para ambos. Mas primeiro a dele se faz favor», pediu Palmira.

A bruxa puxou a mão do Tomás próximo da vela. O calor das mãos cresceu-lhe pela espinha. Tomás definitivamente não ia com os olhos penetrantes da bruxa.

«Ó Deus do céu! Vossemecê tem os sulcos menos vincados ao norte do rio Douro. Mau sinal. Ele sofre de fraqueza de decisão, não sofre?» Ela abanou a cabeça para Palmira, que por sua vez também abanou em concordância. «Lamento mas vou ter que cobrar a dobrar. Já é obra ler os caminhos do futuro sem obstáculos quanto mais ter que lidar com uma mão matreira».

A bruxa vasculhou os bolsos do avental, retirou uma luneta e colocou-a sobre o olho esquerdo. Espreitou sobre a mão de Tomás, espalmando-a na mesa. Lá fora, ele ouvia o mugir aflito do gado, protestando, a caminho do açougue. Ela abanava a cabeça até que repentinamente assobiou num tom grave.

«Isto é desanimador. Não avisto sinal da sua linha do futuro».

Palmira agarrou com mais fervor a outra mão do Tomás.

«E a linha da vida», continuou a bruxa, «mostra brevidade alarmante». A cabeça do dedo indicador seguia uma linha em arco da base do polegar.

Tomás sentiu o corpo da Palmira a desfalecer aos seus pés e levou-a para fora da tenda até ao ar fresco.

«Desculpe, mas são vinte mil réis, ó patrão. Já estou habituada a teatro para evitar o preço da verdade». A bruxa seguira-o. Ele esvaziou os bolsos de moedas e despejou-as nas mãos da bruxa.

Tomás abanou o chapéu na cara da Palmira até ela acordar. De olhos abertos, ela encarou-o como se ele já fosse uma alma doutro mundo, e aos gritos, anunciou, «Não me vou casar com um fantasma!» De seguida, Palmira desapareceu, a martelar os tamancos no chão, atirando com o anel de comprometida para dentro do curral do gado.

Passara-se algum tempo desde que Tomás acabara o cigarro. A madeira, aparada a canivete, adquirira a forma de uma mão. Os dedos claramente definidos, unhas estreitas, com sinal de disposição calma. Tomás começou a entalhar o seu futuro. Imitou as linhas mais auspicias, ilustradas no livro da Arte da Sina, que comprara na estação de comboios. Esculpiu linhas profundas, assegurando a impossibilidade de equívocos na interpretação do seu futuro. A ponta da navalha desenhou uma linha procedente da base da palma e seguindo um trajeto direto ascendente, sem linhas cruzadas a representar obstáculos na vida ou mudanças súbitas. Traçou uma linha da vida suave e longa, esculpindo uma estrela no centro, como sinal afortunado. A linha do coração descrevia um arco descendente, estendendo-se da raiz do dedo indicador até ao mínimo, sem ramificações ou cruzes a enfraquecer o seu percurso. Tomás suspirou. Sentia-se em pleno controlo do futuro. Mesmo os veios da madeira pareciam imitar os sulcos da pele.

A aurora incandescente iluminava o céu. Tomás levantou a mão esculpida e rodou-a para uma última inspeção, garantindo que nenhum detalhe tivesse sido abandonado ao acaso. Colocou o anel de comprometido no dedo de madeira, sonhando já com o seu auspicioso futuro. Tomás imaginou o rosto da Palmira, sorridente e aprovador, e ficou ansioso por lhe exibir a obra-prima. Agora a vida de casal seria idílica.

O sol nascia, radiante e caloroso. Tomás encheu os pulmões com a esperança de um novo dia. De seguida, fixando os olhos na estrela de alva desvanecida, colocou a mão direita sobre a boca da metralhadora e disparou uma trovoada de balas.

AS SEMENTES
DO FUTURO

A voz trovejante de Ti Clemente, límpida e eriçada, explodiu no ar da noite. «Eu mato aquele diabo assim que lhe puser as mãos no cachaço». Dizia-se que a voz do Ti Clemente, num momento de cólera, alcançava Oliveira no vale contíguo.

Homens, lampiões de azeite em mão, esquadrinhavam o terreno palmo a palmo. Foices rasgavam medronheiros e o pum, pum de pedras pontapeadas, aos trambolhões pela encosta abaixo, intensificavam a inquietação de Lino. Intermitentemente, o clarão de um lampião ricocheteava de um machado e feria-lhe os olhos. Trepou mais uns ramos pela árvore acima.

«Onde estás, seu filho da mãe? Aparece. Sê homem!» O estoiro da voz do Ti Clemente, levado pelo vento, esbofeteou as folhas dos eucaliptos. As folhas tremeram em absoluta concordância.

Com a ira do passado aos calcanhares, empoleirado no cimo do eucalipto, oscilando a cada lufada de vento e a tiritar de frio, Lino agarrou-se com mais apego ao tronco, pretendendo evitar uma discussão com uma foice. Semicerrou os olhos na tentativa de penetrar o futuro, vendado pela cortina cega da noite e do nevoeiro. Lino permanecia vigilante, esperando que ventos mais favoráveis o levassem, para nunca mais regressar.

Depois de uma semana de chuvadas que alagaram os campos, uma chuva miudinha persistia. A fragrância intensa de menta exalava das árvores e rodeava Lino, enquanto que os seus pensamentos viajavam para longe, distraindo-lhe os ouvidos das vozes que se aproximavam. Imaginava os montes, há séculos, amontoados de castanheiros e pinheiros, antes da chegada do eucalipto das florestas do hemisfério sul, durante as Descobertas, com raízes expeditas e de maturidade precoce, que a serração recompensava com dinheiro fácil. Ninguém se preocupava com a sede insaciável do eucalipto, sugando as nascentes dos montes até ao último pingo. «Há água que sobeje nos céus», dizia o povo. Ninguém parecia preocupado. E a julgar pelos últimos dias o tempo dava-lhes razão.

Uma coruja piou. Assustou Lino, desequilibrando-o momentaneamente. A ave, a um braço de distância, empoleirada na ponta do ramo oposto, observava-o. A cabeça giratória da coruja, e os intensos e perscrutadores olhos, acresciam a perturbação do Lino. Lino afugentou o pássaro. A criatura, de olhar noturno afiado, esvoaçou para outras bandas, rasgando a cortina da noite.

Devido à retirada súbita, à correria pelo breu, constantemente a tropeçar nos troncos caídos, os dedos latejavam-lhe. Esfregou as mãos comichosas nas calças ensopadas. «Raio de sorte», pensou Lino, «pensar que estas mãos tiveram o dom de descobrir todas as urtigas nesta encosta ceguinha». A chuva, batida pelo vento, picava-lhe o rosto. Chuva e desgraça chegavam de mãos dadas. Chuva não era bom agoiro e ele desprezava-a mais que nunca.

No ano em que chovera a mil águas durante as vindimas e o povo amaldiçoara o fraco vinho — «Há mais álcool no leite que neste vinho de mijo», foi o ano em que Lino realmente reparara na Palmira. Primeiro, apercebeu-se da gargalhada. Uma gargalhada que acordava os cachorros adormecidos nos muros que amparavam as leiras. Não tardou que as gargalhadas lhe fizessem o sangue girar vertiginosamente pelo corpo, deixando-o tonto e sem ar. Lino apoiou-se a um esteio de granito.

Nessa tarde, no meio do monte, tentou emular a risada dela, uma melodia que esvoaçava leira abaixo, leira acima, regressando tão fresca quanto antes. Todavia, o ar, atrapalhando-se na garganta, tropeçou para o mundo como uma tosse coxa. Lino mordeu os lábios, ciente que a Palmira nunca seria abençoada pelo pai dele, Mário, «Gente trabalhadora, de ânimos exaltados, nunca por nunca da nossa estirpe». Confessar os seus sentimentos seria o mesmo que se condenar a um sermão sobre o futuro brilhante que se lhe adivinhava e à parvoíce dos sentimentos, «Vais encontrar mulher fina, que aprecie livros como tu». Palmira nunca se sentara numa sala de aulas. O seu suor começara a regar os campos quando a sua boneca de farrapos, agarrada à cintura, ainda ambicionava brincar.

Carros de bois estacionados pelos caminhos resplandeciam no molhado enquanto que bois enfadados, amaldiçoando o galanteio, chicoteavam com a cauda os mosquitos. Palmira e as mulheres, cestos a baloiçar na cabeça, a gingar as ancas, entornando de quando em vez uma uva, dirigiam-se para os carros. Nas imediações, Ti Clemente e os outros vindimadores, escada acima, enfrentavam ramadas três vezes maiores que eles; os ágeis torsos desaparecendo entre a folhagem densa, como se metade do corpo desaparecesse no céu, deixando as pernas dependuradas atrás.

Onde a terra lhes permitia vindimar sem escada, as mulheres juntavam-se à colheita. Ti Clarissa e o seu repertório de cantigas inspirava o canto das mulheres.

Precioso era o solo arável nesta área montanhosa, uma mão cheia de terra lançava vinhas por esteios acima, encaracolava-as como se fossem um toldo de folhas. E como se fosse uma dádiva Divina, estas uvas nasciam do ar, dando sombra à propagação de alface e couve lombarda que atapetava as leiras. Jovens mães mantinham os recém-nascidos debaixo de olho, abrigados nas árvores de fruto. O choro, intencionado a despertar a atenção de uma mãe e dum peito tranquilizador, era mais depressa correspondido com uma chupeta embebida em vinho tinto e polvilhada de açúcar, assegurando outra fatia de trabalho descansada.

O corpo robusto e bronzeado da Palmira, distinguia-se nas leiras. Os olhos de Lino seguiram-na durante a semana das vindimas, corando ao vislumbrar as coxas de brancura mármore que se vergavam para levantar outro cesto de uvas. Olhos que acariciavam a pele que nem o sol de verão se atrevera a tocar. O corpo ardia com o renovado formigueiro e ele enxugou o suor da testa.

Uma promessa de chicletes ocupava as crianças que caçavam uvas escapadas de cestos bamboleantes e de mãos vindimadoras, «É de bagos que se faz uma pipa. Cada bago conta», encorajava Ti Clemente. Olhos atentos e mãos destras numa competição com os pardais. Pardais que chilreavam e mergulhavam à cata de uma bicada doce. Ti Clemente sorria quando a boca pintada das crianças revelava o verdadeiro paradeiro dos bagos. Crianças, que se esqueciam da tarefa logo que os bois se mexiam e as rodas rangiam na calçada, anunciando mais uma viagem aos lagares para esvaziar as dornas. Gravitavam para os carros na esperança de roubar uma boleia, encarrapitados atrás, afastados dos olhos do boieiro.

Logo que o sol desaparecia, Ti Clemente e os homens, subiam aos lagares. O dia de trabalho longe de extinguido, cantigas a guiar os pés que marchavam, cima a baixo, baixo a cima, sem destino. Uma mão ancorava-se a uma trave para equilíbrio, outra mão agarrava-se a uma chouriça de sangue, as uvas esmagadas tingiam a pele. Um ocasional trago de vinho empurrava a gordura do chouriço, «Combustível para o corpo», assegurava Ti Clemente. De passagem, Ti Clarissa e as mulheres entravam na adega para reabastecer as travessas de broa ainda quente e as tigelas de azeitonas, regressando de imediato ao depenar da ceia.

A rapaziada, aguardando o amadurecimento da idade, observava pais e tios, bebiam-lhes as palavras sazonadas, esculpiam-lhes os gestos, procurando desesperados vestígios do mistério de ser homem. Ser homem chegava assim que as pernas magricelas ultrapassavam a beira do lagar de granito. Até esse dia, limitavam-se a pisar em dornachos, abrindo a boca a sandes de manteiga e açúcar, dentadas ruidosas que iluminavam cada sorriso. Logo que os olhos dos homens se enevoavam e as palavras se arrastavam com dificuldade dos beiços, Lino, feliz, desaparecia sub-repticiamente.

Sentava-se num penedo, entre a cozinha e a fonte, abrigado da chuva miudinha pela figueira, arrancando um momento de solidão à azáfama das vindimas. Erguia o pescoço, ouvidos atentos à comoção que animava a cozinha abarrotada. A voz da Palmira facilmente se sobressaía.

«Vou atestar os cântaros, já se gastou muita água».

«Que diacho rapariga. A que se deve esse interesse repentino pela água? Morta por ires de volta à chuva depois de passar o dia alagada! Não percas o sono, água não falta este ano», Ti Clarissa arreliava-a.

«É um instante», Palmira respondeu em voz alta, adivinhando o caminho pelo escuro, cântaro à cabeça.

Lino aproximou-se do caminho na esperança do roçar furtivo da saia. Foi com gosto que se sentou na erva encharcada.

«Não me posso demorar». Palmira deteve-se, a perna a roçar o joelho do Lino, a carne ardente a penetrar-lhe pelas calças, incendiando-o.

«Mas as vindimas acabam amanhã. Quando te vou ver outra vez?»

Na manhã seguinte, terraços desconsolados, vazios de alegria e uvas, presenciaram os carros de bois a levar Palmira de regresso. Lino lamentava não lhe ter pedido um beijo.

Daí em diante, todos os Domingos, um caminho desgastado — no inverno um rego espontâneo, evitado por caprinos vizinhos — conduzia Lino até à porta da Palmira.

Domingo. Não era dia de escola e as leiras descansavam. Dia Santo. Deus exigia sossego do povo. Ainda bem, porque o trabalho nunca mais terminava. Como a lenda de um grego que Lino estudava na aula, a desperdiçar uma vida, empurrando um penedo por uma montanha acima, para depois a rolar pelo outro lado abaixo. Acima e abaixo. Acima e abaixo. Nada melhor para fazer. Sem destino. Lino ponderava, saltando de pedra em pedra, um livro encaixado no braço.

No dia em que apareceu à porta da Palmira a contar as camadas de pedra que erguiam as paredes, a estudar o telhado de ardósia, negro e lustroso da chuva que o polira, foi o dia que o condenou ao eucalipto onde se empoleirava, estremecendo no escuro.

Nesse Domingo, olhava fascinado os salpicos de musgo que alegravam o telhado, escutava o vento avassalador a uivar pelas frestas, até que o ladrar do cão se sobrepôs às rajadas e anunciou a sua presença. Ti Clemente, chegado da missa, saiu ao seu encontro num fato demasiado curto nas mangas e apertado nos ombros. O fato evidentemente emprestado para a ocasião da visita do Lino.

O abraço de boas-vindas do Ti Clemente embrulhou o rapaz num frenesim de costuras a rasgar. Lino poderia ter ficado emaranhado indefinidamente nesse abraço não fosse uma oportuna tosse. Antes mesmo que Lino pudesse balbuciar uma saudação encontrou-se sentado perante Ti Clemente na única cadeira da casa. Ti Clemente sentava-se num banco. Lino escutava pela terceira vez consecutiva as palavras de felicidade pela sua visita e desculpava-se por não tirar a samarra à entrada, alegando má saúde.

«Pois é! Devia olhar por si melhor. Devia trabalhar no campo. É impossível fazer o corpo suar a folhear as páginas dos livros. Ler nunca ajudou a fazer músculo... grandes sonhos, talvez, mas nunca músculo de homem que se preze».

Redondas broas de milho, batatas cozidas e dois rojões solitários, a boiar em banha, chegaram à mesa. Lino, presenteado com os rojões, aceitou um, pescou duas batatas e com o pingue regou tudo generosamente.

«Tire o outro rojão, Lino! Vai se estragar. Já comi carne que bastasse nesta vida, ordens do Doutor, por causa do úrico...». Deteve-se e coçou a cabeça, tentando recordar as palavras do Doutor, «...qualquer porcaria do úrico». E prosseguiu, «De qualquer maneira, estou proibido de lhe tocar, nem mesmo com uma aguilhada».

«Ó Ti Clemente, um rei não acabaria com este prato, é demais», disse Lino num tom cordial e para contentamento de todos.

«Ora bem, se é esse o caso, que diabo! Isto não me vai matar», benzeu-se, só para prevenir, «E se me matasse, bem que seria um afortunado, a morrer consoladinho. Melhor que desperdiçá-lo ao cão e dar-lhe prazer descabido», concluiu Ti Clemente, arrebatando o último rojão enquanto que os filhos olhavam o pingue, línguas a lamber os lábios secos.

Lino e Ti Clemente, à mesa, sentaram-se face a face, cotovelos a prender a axadrezada, vermelha e branca arena da toalha plástica. Lino, espírito de jogador de damas, palavras impacientes, de saltos largos tendo em vista resultados instantâneos. Ti Clemente, no lado oposto, detendo-se após cada frase, contemplando cada jogada, pensando no futuro como um jogador de xadrez que reflete demoradamente as consequências vindoiras. Os restantes elementos da família apertavam-se à lareira, num banco comprido, espectadores silenciosos das palavras e jogadas dos intervenientes. A mãe da Palmira interrompia somente para inquirir sobre o bem-estar do convidado ou para oferecer mais outra empoeirada garrafa de tinto.

«Pois então rapaz, o que fará quando se tornar Doutor?» Essa era a tradicional pergunta do lance de abertura do Ti Clemente.

«Vou abrir um consultório em Lisboa, amealharei uns tostões, faço casa, com relva à frente, como os ingleses, sabe... e um Ford pois claro», Lino deu a resposta costumeira, olhos a pescar uma reação da Palmira.

«Espero que não vá esquecer os velhos amigos enlatados cá neste buraco!» Ti Clemente bateu amigavelmente no ombro do Lino. Lino, nascido num berço de oiro, era a esperança de Ti Clemente para uma milagrosa salvação à escravidão da enxada.

«Seria impossível esquecer os melhores rojões das redondezas», disse Lino, virando-se para Ti Clarissa, que fingiu um resmungo de quem não acredita no elogio e imediatamente lhe lembrou para deixar espaço para aletria, a sua sobremesa de eleição.

Lino sorriu, mostrando os perfeitos dentes a Ti Clemente e continuou, «Seria impossível esquecer a conversa mais agradável que se encontra nestas paragens. O que diz a uma viagem à capital num lustroso Ford preto e uma visita ao velho palácio da Ajuda?»

«Ui! Não pode ser! Ia-me dar mal, nunca me sentei numa dessas maquinetas, mas já ouvi dizer que andam com tanta gáspea que não se veem as árvores a passar. Mas lá que seria bom seria...».

«Nunca é demasiado tarde para ensinar burro velho! É o que se diz».

«Ora bem Lino, eu cá não sou um homem de letras, não lhe posso dizer as direitas de um livro, mas não quer dizer que não tenha pensares a ruminar aqui dentro», limpou a boca às mangas, punhos tingidos de tinto, antes de apontar à sua cabeça quase careca. «Ouça lá rapaz, dizia-se do meu bisavô, que Deus o tenha em paz, que depois da vigília e quando toda a gente já regressara a sua casa, dois malandrecos assaltaram-lhe a adega para encher os beiços do seu vinho requintado», fez uma pausa para medir Lino de alto a baixo, o clanque, clanque do garfo a esburacar os dentes, a caçar um bocado de rojão entalado nos molares, «E foi então que o velho soalho de madeira desabou e o caixão com o meu bisavô caiu-lhes em cima. Que me diz a isto? O povo jura que o encontrou com um sorriso arreganhado. Isto é História rapaz, talvez não o tipo de História que se aprende na escola».

Nesse Domingo, Ti Clemente mastigava pela tarde fora e Lino abanava a cabeça às palavras sem fim. Ti Clemente ruminava como os bois a pastar, de cara séria e com vagar.

«Comer nunca me deu problemas de estômago até hoje. Apesar de pôr os cabelos da Palmira em pé, sempre à espera para limpar a cozinha», explicou ao Lino depois da Ti Clarissa lhe ter sugerido que se despachasse.

Lino, irrequieto, torcia-se na cadeira, antecipando o desejado momento do tradicional encerramento à refeição cerimoniosa, quando Ti Clemente se desculpasse, «Quem me dera poder passar o resto da tarde na companhia de tão culto rapaz, mas as minhas obrigações sociais esperam-me», e desperdir-se-ia com destino ao café para jogar à sueca com os amigos. Só então desapareceria toda a gente da cozinha, deixando Palmira e Lino sentados à lareira e Ti Clarissa a acompanhá-los remendando as roupas da lavoura. Lino tolerava as atribulações do trajeto e o desconforto do almoço pela recompensa dos momentos mágicos que se seguiriam. Daí a pouco, Ti Clarissa desculpar-se-ia, «Nesta escuridão não meto uma linha pelo buraco da agulha», saindo para o quarto. Era então que Lino, finalmente, apertava a mão da Palmira, ateando os calores pela espinha acima.

Esse Domingo já se adivinhava como uma perca de tempo para o Lino. Ti Clemente parecia determinado a permanecer na sua pastagem e num momento de desespero Lino ouviu-se a si mesmo pedir a mão da Palmira em casamento.

Essas palavras mágicas abriram de imediato as portas da fortaleza da Palmira e Ti Clemente mandou abrir uma garrafa de vinho do Porto para celebrar a ocasião. Ti Clarissa apressou-se com uma das dez garrafas que guardavam para cada um dos filhos.

«Você é bom rapaz e com futuro promissor, talvez um bocadinho impulsivo mas com grande apetite à vida. Palmira estará em boas mãos». Levantaram os copos e brindaram, «Uma promessa é para sempre».

Lino regressou a casa leve como um melro, saltitando de pedra em pedra, dançando agarrado às videiras, desprevenido da tempestade que se aproximava. Pela primeira vez na vida cantava com fulgor. Quando chegou aos portões de ferro, Mário, o pai, taciturno, esperava-o. Notícias e gralhas voavam lestas e sem rodeios.

«Que se passa com a tua cabeça de sonhador? Um Mateus nunca faltou à palavra. Espero bem que a tua língua saiba o que diz. Vou-te fazer cumprir a palavra». Essa foi a última vez que o pai dirigiu palavra ao Lino.

No invernoso dia do casamento, Lino abriu a janela do quarto, convidando os chuviscos a lavar-lhe o rosto. As nuvens pairavam quase que assentes na sua cabeça. Vagaroso, Lino caminhava de um lado para outro como se carregasse com o céu aos ombros. Arranhava a cabeça, olhando para o chão como que surpreendido pelos resultados de uma colheita esquecida, como se a natureza tivesse pregado uma partida durante o semeio. Arrastava os pés descalços pelos cantos do quarto, ombros arqueados como a charrua que devolvesse à terra uma colheita indesejada.

Continuava com o enjoo da bebedeira que o anestesiou durante a despedida de solteiro. Obedeceu às tradições, uma cantiga e um copo levantado. Outra cantiga...

À distância o badalar dos sinos apressava a algazarra de tamancos para a missa. O mesmo eco de tamancos em paralelos que atormentara Lino durante a primeira e última visita de Palmira à capital onde ele estudava. Por entre o martelar dos tamancos de Palmira nos paralelos, Lino ouvia as risadas dos transeuntes e encaminhava-a para outra rua onde lhe mostrava a casa onde um dia viveriam. Levou-a num passeio de elétrico amarelo, deu ao homem de boina azul uma gorjeta para a deixar tocar no telim, levou-a a um restaurante de caris apimentados que lhe revoltaram o estômago, e por fim ao cinema onde ela gritou em pânico quando o John Wayne lhe apontou a pistola. O corpo sólido de Palmira era esculpido pelo rigor das horas duras no campo. O seu odor de animal agreste, uma mistura de tojo e estrume, contrastava com a suavidade dos amigos citadinos, com os seus perfumes franceses e sofisticados cremes de beleza. Depois dessa visita os exames do Lino pareciam impedi-lo de encontrar um só momento para visitar a Palmira no vale.

Lino empurrou a cómoda contra a porta, depois a cama e barricou-se. Quando chegou a hora de seguir para a igreja não respondeu aos punhos do pai na porta.

Era fim de tarde quando a aldeia se concentrou debaixo da janela do Lino. A mãe mantinha a multidão à distância insistindo que Lino desmaiara de felicidade. Pela noite a multidão perdia a paciência e o barulho crescia, com o vidro da janela a ser estilhaçado por uma discussão. Lino escapou-se pelo sótão. Levantou uma telha, subindo ao telhado e saltou do beiral para o combro encostado à casa. Lino arrastava-se pelos medronheiros, pelo tojo, a gesticular pensamentos, dando-lhes asas, braços no ar como um lavrador atira sementes ao vento e rajadas imprevisíveis dispersam o futuro.

AS ASAS DA HISTÓRIA

Oliveiras e sobreiros polvilharão a paisagem abrasadora. Não refrescaremos esta descrição com o vento. Pelo contrário, avivaremos o ardor do sol, tingindo a paisagem de carmesim, enrubescendo a linha do horizonte como o das férias sulistas. A forragem, atrofiada, descansará tranquila, enquanto nós instigaremos um corvo a crocitar e a estilhaçar o silêncio. Colocaremos três pastorinhos deitados à sombra de uma azinheira, chamar-lhes-emos Lúcia, Jacinta e Francisco. Para obedecer a expectativas bucólicas, assim como de coerência literária, iremos rodeá-los com um rebanho de ovelhas. As ovelhas são secundárias à história mas talvez se convertam num mote de menor repetição simbólica. Desejamos subtileza de caracterização. Descrevê-los-emos em pobreza, compartilhando azeitonas e broa.

Os pastores são crianças. Lúcia, mais velha, quase não ultrapassa a altura dos chifres do carneiro-mor. Os pastorinhos esgotam os dias a brincar na sombra, inventando mil e uma brincadeiras, às cambalhotas no tapete de bolotas derramadas sobre a terra. Nesta história poderíamo-nos arriscar a apresentar um senhorio, com décadas de excessos, a entornar a barriga sobre as calças brancas, mas arriscamo-nos a sucumbir à tentação do melodrama, ou pior ainda, do cliché. Restrinjamo-nos então aos pastorinhos e autorizemo-los a dar rumo à história do modo como só as crianças se mostram aptas.

O sol, levantado ao céu, obriga os bichos ao socorro da sombra e as ovelhas congregam-se em pequenos enxames debaixo das azinheiras. O calor é insuportável e mesmo as moscas dormitam nos ramos da oliveira. Os pastorinhos terminam a broa e entretêm-se a cuspir o último dos caroços em longos e preguiçosos sopros na direção das ovelhas circunvizinhas; do odre, enchem o vazio que resta no estômago. O esforço da respiração parece excessivo sob o peso tórrido do sol. Os pastorinhos arranjam as ovelhas como almofadas e deitam-se. Através das brechas da folhagem contemplam o azul celeste e, nas nuvens, procuram anjos. Esta tarde é a Lúcia que reconhece Arcanjo Gabriel nas alturas. Uma vez desmascarado, o anjo necessita de magra persuasão para os pastorinhos meterem conversa.

«Arcanjo Gabriel, porque se mostra tão manso?»

O Arcanjo suspira, mal perturbando uma folha de azinheira.

«Ahhh... pastorinhos, repouso, cansado de deambular pelos céus à procura duma alma pura, alma disposta a escutar as palavras da Nossa Senhora. Porventura conhecem alguém?»

Os pastorinhos, atrapalhados, entreolham-se e enco-lhem os ombros. Francisco, mais novo, responde.

«Eu cá tentava a casa verde para lá do barranco onde o Ti Oslavo mora. A nossa tia farta-se de dizer que ele é um santo dum velho».

O tempo passa.

O sol abranda o olhar penetrante à terra. As ovelhas, pouco a pouco, movem-se. O baloiçar de chocalhos do rebanho hipnotiza a paisagem. Os pastorinhos mantêm-se debaixo do guarda-sol protetor da azinheira. O tempo para. O mundo exterior não fornece qualquer interrupção aos contornos repetitivos da paisagem e aos chocalhos.

Ao escoar do dia os pastorinhos deparam-se com a escuridão completa e estão receosos de regressar a casa, receosos do bafejo frio da escuridão oca, tão tangível que eles a sentem nas bochechas, tão circundante que acreditam que irão ser devorados pelo monstro da noite no instante em que se ausentem dos braços protetores da azinheira. Protegidos, respiram junto à face enrugada do tronco da árvore.

«Não há perigo debaixo da azinheira, pois não? A boca do gigante não se pode fechar por baixo da árvore, não é?» pergunta o pequeno Francisco.

«Claro. Furava-lhe a boca tal qual um palito fura uma bexiga», confirma Lúcia. Jacinta e Francisco riem-se nervosamente.

«As ovelhas vão-se deitar e o monstro vai pensar que elas são tufos de erva», murmura Jacinta.

Os pastorinhos avistam o cintilar distante de luzes, pensam nos mil olhos do monstro. Mãos premidas em oração, ajoelham-se. Papagueiam a devoção fervente dos pais, que rezavam em plena invernia, sob trovoada de estremecer os tachos ao lume e de despedaçar canecas no soalho, «Avé Maria...» dado que pecaram e estavam a ser advertidos pelas suas transgressões.

Os pastorinhos concluem as orações e benzem-se.

«Não se preocupem», a própria Lúcia, apetecendo-lhe chorar, consola o mais novo. Lembra-se das palavras da tia, o dedo pontiagudo a escrever a ameaça no ar, «Agora que já és uma mulherzinha, és responsável pelos pequenos. Livra-te que algo lhes suceda ou então...» A mão espalmada, tal foice a cortar o ar.

«A nossa Senhora vai-nos proteger», Lúcia diz, em tom demasiadamente alto, para ela própria acreditar nas suas palavras. Aconchega uma criança debaixo de cada braço e desta vez não lhes ralha por limparem o ranho às mangas.

«Como tens tanta certeza que a Nossa Senhora nos protege? Nós somos tão pequenitos. Não nos vai poder distinguir entre os tantos do mundo».

«Não se apoquentem. Ela está aqui connosco, ali naquele ramo», Lúcia aponta para cima, na direção da escuridão oca. Os pequenitos levantam a cabeça e semicerram os olhos para melhor seguir a direção do dedo.

«Não a vejo», queixa-se Jacinta.

«Eu também não».

«Se vocês parassem os soluços choramingosos talvez pudessem vê-la. Estavas à espera de ver a Senhora através de tal cortina de lágrimas?»

Os pequenitos agarram as fraldas da camisa e enxugam os olhos.

«Ainda não vejo», queixa-se Francisco.

«Claro que não. Estás à espera que a Senhora se mostre a uma cara tão ranhosa e suja». Lúcia ralha.

As luzes aproximam-se. Ouvem-se murmúrios. Os pequenitos gritam, apavorados, que é o rosnar do monstro. Regressam ao choro. Isso intensifica os próprios receios da Lúcia.

«Estejam calados. O monstro assim encontra-nos. Mais a mais eu quero ouvir o que a Senhora nos tem para dizer».

Jacinta e Francisco calam-se momentaneamente, observam Lúcia de olhar alto, a abanar a cabeça uma vez por outra.

«O que é que Ela diz», Francisco agarra o braço da Lúcia.

«Não me interrompas. Logo que a Senhora acabe, digo-te». Lúcia suspira, agradecida pelo silêncio. Uma lágrima sua, por fim, escorrega livremente.

«Já não estás a olhar lá para cima. Que disse a Senhora?» Francisco dá um esticão à manga da Lúcia.

«Sim, sim. A Senhora disse-me que está a guiar as pessoas que enviou para nos salvar. Não vai demorar muito agora».

Francisco sorri pela primeira vez desde que os céus se enegreceram. Contempla o tronco da azinheira onde a Senhora esteve e pergunta, «Como é que ela é?»

«Tem a pele mais macia que jamais vi, as maçãs mais rosadas. Do Seu sorriso nasce a beleza e a serenidade».

«E o que vestia?»

«Um manto azul, polvilhado de esplendor. Das mãos entrelaçadas estava suspenso um terço de cristais luminosos».

Jacinta e Francisco olham com espanto a coroa da árvore e o céu cintilante. Esquecem-se do murmúrio do monstro noturno que se aproxima.

«Pequenos! Onde estão enfiados?»

A voz da tia levanta-se do escuro.

«Tia, a Lúcia falou com a Senhora! Ela falou com a Senhora», Francisco corre para os braços salvadores.

Nós devolveremos os pequenos, sãos e salvos, a casa. Deitá-los-emos no calor do leito. Sussurrar-lhes-emos desejos de boa-noite. Fecharemos uma cortina de nuvens sobre a noite, cegaremos as estrelas, calaremos o vento e os corvos. Colocaremos um ponto final nesta história.

Não nos será possível evitar que uma pestilência, uma febre pneumónica, se espalhe pelo mundo. Muitos morrerão, incluindo dois dos pastorinhos. Com o tempo, também aceitaremos que não nos será possível dissuadir as pessoas de se congregarem na azinheira das aparições milagrosas, e seremos incapazes de dissuadir os de profunda fé religiosa de erguerem um santuário. Principalmente as nossas mães, alguns anos a pé, alguns anos de joelhos, embarcarão numa peregrinação à Sagrada azinheira. As nossas vidas não se mostrarão insensíveis, serão afetadas. Os corvos regressarão de vontade própria. A história abrirá as asas e elevar-se-á nos ares para além do horizonte visível de ovelhas, sobreiros e oliveiras que nós inventamos.

UM PUNHADO
DE ILUSÕES

Eu, o diabo? Nunca. O diabo não se atrevia a dedicar-se a estas canseiras, estes riscos. Eu gasto as pontas dos dedos até ao giz do osso só para agarrar clientela. Ah... não como a vida de padre, feita à medida, simplesmente a deslizar para dentro de uma batina e a esborrifar umas lufadas de incenso perfumado no altar, e de imediato as gentes correm das suas colmeias para os bancos da igreja. Padres nem se preocupam em engendrar novos milagres de valia, amparam-se em milagres tecidos há tanto tempo que já ninguém os põem em questão. Qual é a alma viva que atesta esses milagres de seus próprios olhos? Histórias mal rabiscadas. Um punhado de esgravetos de galinha no papel são prova! Cá para mim, uma cachimónia inchada de inspiração e com uma pipa de imaginação fermentada, entornou uma história e pêras. Quem me dera ser abençoada com tal sorte. Esse tipo de sorte cheira a tramoias de fidalgo. No meu caso, a minha vida é mais áspera que pele de sapo. Veja bem as minhas mãos. Está a ver, não são nada como as de Sua Eminência, macias como a cera das velas. Não senhor. Eu devo mostrar o que valho. Houve uma procissão de gente antes de mim dizendo-se santos, deuses, adivinhos e sabe Deus o que mais. Mas eu... eu não pretendo fama ou riqueza. Só peço para ser deixada em paz com pão suficiente para calar a barriga.

Claro que não possuo instrução, não posso desemaranhar sentido aos arabescos de pluma nos livros. Tudo o que sei aprendi com os olhos do dia a dia, observando as gentes, ao ritmo da enxada, ombro a ombro, prestando atenção ao seus sofrimentos, anseios. Eu tenho que mostrar à minha gente, à cara delas, que posso visitar o passado, prever o futuro e apresentar uns milagres de jeito. Pelos menos isso. Não exigem muito, mas têm gosto em ver uma coisita ou outra fora do comum. Não os posso culpar. Afinal de contas, estão a pagar alqueires de milho que lhes custaram o sal da testa a ganhar. Bem, quer agora culpar-me só porque uso uns truques inocentes para dar uma ajudazita ao ofício? Por amor de Deus, eu sou carne e osso. Tenho as minhas limitações. Não está à espera que eu separe as águas ou cure os cegos. Eu uso técnicas ancestrais para dispensar um punhado de ilusões, está a ver? É um devaneio. As gentes não se importam. Claro que não as informo das inofensivas ilusões. Lembra-se do dia que lhe disseram que o São Nicolau existia? Com certeza que teria preferido continuar a acreditar na crença de um sonho mais agradável, não era? Pois sim, não contar historietas em primeiro lugar seria bom, lá isso seria...

Que um raio me fulmine se não estou a falar a verdade, mas na verdade desde o berço do mundo que temos estado a enganar-nos uns aos outros um chisco. As Sagradas Escrituras de Sua Eminência até me emprestam razão. Não,

não penso que sou mais Papa que o Papa. No princípio Adão e Eva traíram-se um ao outro. Pois, eu não estou a despir nenhum segredo. Talvez hajam mais falsidades hoje em dia mas é a fome da necessidade. Todos têm de comer, mas poucos desfrutam das espingardas e das terras para cultivar o centeio. Assim eu acabo por ter que enganar as minhas gentes. Os que também não têm nada. Sou abençoada com mais dois dedos de engenho ou talvez uma costela mais pesada de ruindade. De qualquer maneira as gentes preferem andar calçadinhas nos sonhos e fantasias do que andar descalças pelas silvas da vida. Se Sua Eminência não se importa que eu diga tal, e se não se ofende, eu até me atrevia a dizer que estamos no mesmo ramo de negócio. Vendemos sonhos, fantasias e esperanças. Não fique aborrecido. Claro, nem me passaria pela cabeça insinuar que não sabe o Evangelho. Eu sou uma migalha comparada com a instrução de sua Eminência e talvez até tenha pisado o risco, usurpado um bocadinho d'almas a mais ao seu rebanho. Mas pela alma da minha falecida mãe juro... sim claro que não juro porque é pecado e nós estamos na casa do Senhor. Dou-lhe a minha palavra de cristã então, pela alma da minha falecida mãe que era uma santa, que as gentes desembocam à minha porta de livre vontade. Ora bem, se a Sua Eminência assim o diz... se diz que é o senhor que decide quem merece ser santo, por mim também está tudo bem. De qualquer maneira a minha mãe foi uma santa para mim.

Claro que é trabalho decente e mil vezes mais honesto do que trabalho de usurário ou senhorio. Eu não devia resmungar? Eles são extremamente generosos para com o episcopado, ai são? Vampiros ociosos nas suas varandas, reclinados debaixo da sombra virtuosa, a contar as moedas de oiro, a bebericar nas canecas de bebidas da cor do suor dos jornaleiros. Ai sorri. Não pense que o meu ofício não tem as suas exigências. Depois do sol morrer, o meu trabalho ainda continua. Acordada ou a dormir, a minha reputação depende da dedicação da minha mente. E nem por sombras pense que eu vivo nas nuvens. É verdade sim que há gente que se convence que eu não sou mais do que uma charlatã que vende mentiras, engana as almas. Mas a esses eu faço ouvidos moucos. Têm inveja. Eu estou neste mundo para dar um bom empurrão à coragem das gentes face às tragédias do dia a dia; distribuindo a esperança que as gentes almejam, uma vez já não existe mais ninguém por aqui que lhes ofereça esperança. Toda a alma precisa de um empurrãozeco para fazer o que o destino lhe espera. Não há músculo no corpo humano com tão pura determinação como a do coração. As gentes apinham-se-me em casa e gostam de acreditar que eu sou a razão pela qual os seus anseios se realizam. Deixe-os acreditar. O acreditar não faz mal. Ninguém se aleija. As gentes nunca acreditaram nas suas qualidades; em vez disso, vão fazer promessas a tudo quanto é canto neste mundo, à procura de um salvador que lhes reconheça o seu valor. Precisam de o ouvir doutra boca, às vezes até de pedrinhas milagrosas, antes que as gentes acreditem em si próprias. As gentes acreditam no que lhes apetece acreditar. Só agem sobre o que lhes apetece agir. Eu sou a desculpa delas para não tomarem responsabilidade, está a ver. Caso a vida dê para o torto, traga sofrimento, como sempre trará, e quando eles metem o pé na poça podem então despejar as culpas para cima de mim. Eu arrisco a minha própria pele.

Claro que não estou em boa posição para negociar o que quer que seja. Eu não pago a cães de guarda para estarem de sentinela ao meu rebanho. Pode arrancar-me das mãos as minhas ovelhas sempre que lhe apeteça. Os seus cães são ferozes e inquisidores. Atiram-se ao pescoço e ferram como vampiros. Eu até podia deixar a aldeia se é isso que a Sua Iminência pensa mais aconselhável.

Com certeza que uma boa confissão nunca fez mal a ninguém. Uma adequada e respeitável casa requer uma espanadela frequente para agradar à vista e à visita. É pena que uma pessoa precise de a repetir vezes sem fim. Pó é o tipo de arreliação que nasce do nada. Nunca aprendemos. O pó persiste em voltar. Mas uma boa espanadela nunca deixou de dar nova aparência às coisas, lá isso é verdade.

Mas porque raio é que está tão interessado em que eu desembuche os segredos do meu ofício? Eu posso ser leiga mas não sou ingénua. Não espera pedir a uma padeira que se desfaça do seu forno ou a um trovador que renuncie ao seu alaúde. Você não iria renunciar à sua catedral, pois não? Bem posso abrir uma exceção, se tal for visto com bons olhos para o meu caso. Não tem aí um jarrito de tinto e um naco de presunto para me ajudar a untar as palavras, não? A minha língua murcha-se só de pensar em confissões. O vinho para a consagração serve pois claro. Deus o abençoe!

Hmmmm…. Ahhhh! Pois, de volta aos segredos do meu ofício. Quando o negócio minga, eu relembro aos que estão vivos o mundo dos espíritos. Assim planto nos degraus das gentes, sapos com os beiços cosidos. Duas semanas disso e as gentes estão a correr-me à porta. É então que eu receito uma purificadora infusão de cardo leiteiro seguida de uma carreira de rezas, entoadas de joelhos em redor do quintal. As gentes pensam que devem sofrer antes que o que já há muito merecem lhes seja conferido. Aliás eu devo agradecer à Sua

Eminência esse credo. E, bastante importante, receitar sempre doze velas para acender. Eu vendo-as à porta.

As minhas sinceras desculpas Sua Eminência, nunca imaginei que afetasse tanto o negócio da igreja. Mas pensando melhor é bem verdade que é uma das melhores fatias do bolo. Uuuuhhhh... Não compreende o que eu estou a dizer? Que saaaboroso naco.... Perdoe-me estas famintas maneiras de comer, sim? Mas a Sua Eminência já me aqui tem a pão e a água há duas luas. Eu cá estou pronta para outro jarro desse néctar divino.

É evidente que o meu ofício pede ouvidos de coruja e olhos de águia. Até se pasmaria se soubesse o que se descobre sobre a vida de uma pessoa só a estudar atentamente os farrapos com que se veste, os adornos com que se reveste ou não, medindo o timbre debaixo de cada palavra. Tão importante como pôr de plantão na cozinha o meu mais novo, fazendo de conta que brinca, a conversar com eles, a descobrir informação relevante dos seus passados. Mais tarde impressiono-os num relâmpago com as preciosidades íntimas das suas vidas. As gentes esquecem-se o quanto de si revelam uns aos outros no dia a dia. É por isso que eu nunca atendo uma alma quando eles me procuram pela primeira vez. Leva tempo à toupeira para escavar o enredo de ligações.

Lá verdade isso é. Principalmente as mulheres buscam os meus remédios para combater os fardos da vida. Assuntos do amor e das crianças, pois esses são os ingredientes da vida das mulheres. Quando as vejo com dificuldade a subir o caminho, uma criança em cada braço, duas agarradas às saias, é sinal certo que vêm ao remédio para quedar de conceber. Ofereço-lhes uma mistura que a minha avó me deixou.

Comece por colocar um punhado de barbas de milho previamente mastigadas por um jumento, dentro de uma vasilha de vidro. Não se esqueça de lhe juntar três cabelos da cauda do jumento. Amarre-os em forma de círculo. Depois, ferva uma infusão de poejo. Fique a vê-lo a embeber-se. Salpique-lhe uma pitadinha de levedura. Junte tudo às barbas de milho. Mexa bem. Escoe o líquido. Beba esta mistura em sete goles separados e sempre que o galo cante. Entre as goladas recite: «Cuspe de jumento encurralado nesta vasilha desinche-me a barriga». Mas se por acaso tenho esponjas marinhas da Baía da Boca do Inferno, ensopadas em sumo de limão, dou-lhes essas. É que não há meio de as ter à mão, tal é a procura. Nunca me deixaram ficar mal. E depois ainda há a magia para forçar um marido a ser fiel. A mulher deve encher um dedal com a medula de um cão negro. Depois coloca-o numa bolsa de veludo encarnada e esconde tudo no íntimo do colchão de palha para o homem não dar fé do dedal durante o sono. No correr da semana, antes da deita, ela deve dar-lhe bebidas de cevada, com canela e cravo-da-índia em abundância; e também deve dormir despida, acon-chegando-se ao corpo dele o mais que ela possa suportar. Pois é, assim passa ao homem na transpiração o desejo dela. Se os preciosos detalhes destas regras forem fielmente cumpridos está destinada ao sucesso.

Perdoe-me a franqueza, Sua Eminência, mas a andar às voltas e voltas assim enerva-me. Se se sentasse eu até lhe fazia um chá de flores de camomila com uma colherzinha de mel silvestre e meia dúzia de rezas. Ai não! Só estou a tentar ajudar! É o hábito. Farei o que quer que Sua Eminência deseje que faça. Lavo os pés de Sua Eminência com os meus cabelos se for preciso. E vou à missa todos os dias se também ajuda. Cantarei o terço e serei a mais devota da congregação.

Com todo o respeito, o que é que a Sua Eminência quer dizer com o lamentavelmente ter que me fazer servir de exemplo para os outros? Fazer-me desaparecer não lhe vai ajudar nada. Tão depressa a minha língua está dependurada ao canto da boca e as minhas pernas suspensas como as dum anjo… Naturalmente não como um anjo. É maneira de falar. Mas tão depressa eu enrijeço debaixo da lua cheia, outra alma vai-me tomar o lugar. Está no sangue das gentes, acredite. Por outro lado, se me deixar fazer a minha vidinha, talvez cheguemos a um agradavelzinho entendimento que nos pode deixar ambos sorridentes e quem sabe até podíamos selá-lo com um aperto de mão? Fica no seu território e eu no meu. Eu até nem preciso de muito para sobreviver. Até pode ficar com o lado mais soalheiro do negócio. Pensa que eu tenho uma língua habilidosa e negocio como o diabo? Suponho que isso não é um louvor.

Estamos de acordo então?…

O CASTANHEIRO

Tomás apeou-se do autocarro nos arrabaldes da aldeia e saiu de encontro a uma lufada de vento. A chama de sete anos de memórias reacendeu-se com a doce fragrância de uvas moscatéis. Espreguiçou os braços, esticando os ossos da viagem, respirando um sorvo de ar e assim enchendo o peito com a cor verdejante dos campos. Tomás deixou os olhos passear pelas leiras e os pés enterrarem-se na erva da berma. A língua estalou-lhe no céu da boca com um som cristalino. «Regressei», disse ele, enxugando uma lágrima com a manga da jaqueta.

Cachos de uvas pendiam duma ramada contígua. Tomás esticou-se, colheu um cacho e atravessou a estrada, encontrando uma sombra acolhedora. Encostou-se a uma nogueira e perscrutou a paisagem. Corpos distantes deslizavam, vinha acima, vinha abaixo, colhendo uvas. Um cordão de mulheres, de canastras à cabeça, enchiam as dornas encarrapitadas nos carros de bois. Sem pressa, Tomás saboreava cada bago, cuspindo as grainhas num longo arco para o lado oposto da estrada. O vento transportava canções de vindimadores assim como nuvens de folhas a bailar pela aragem. O seu olhar seguia uma folha perdida que subia para as nuvens. A folha desapareceu nas costas das leiras tingidas pelo carmesim da vinha madura. Carmesim, cor que lhe atava um nó no estômago.

Vagarosamente, Tomás procurou um carreiro por entre os campos. As pessoas não o reconhecendo por trás da cara marcada de cicatrizes e escurecida pelo sol africano, cumprimentaram-no educadamente e regressaram ao trabalho. Tomás sorriu, imaginando os rostos surpreendidos quando ele se apresentasse na adega do Ti Anastácio.

Tomás descortinou o carreiro sinuoso que o transportaria aos seus campos na margem do rio Caima. Os campos apresentavam-se bem cuidados, a erva cortada rente pelo gado apascentado. A querida Palmira mostrara cuidados com as terras. O pomar já se erguia altivo e robusto. Tomás contornou uma curva no carreiro e as pernas enfraqueceram-se-lhe. Descansou num pedregulho, esfregando os olhos como se não acreditasse no que via. Em vez do castanheiro, doador de incansável sombra à memória, restava um cepo apodrecido. No beiço do rio Caima, a azenha abandonada, decomposta pelas mãos impiedosas do inverno, ajoelhava-se ao tempo. Porque teria a Palmira consentido que cortassem o castanheiro?

Num outono, sob as alaranjadas folhas, roubaram o primeiro beijo ao luar. Anos mais tarde, no dia da partida, Tomás sentara-se debaixo do castanheiro, prometendo à Palmira regressar em breve para oferecer companhia à criança que se fazia no seu corpo. Apontando o dedo a uma macieira de palmo e meio, animou-a, «Regressarei a tempo de colher a primeira maçã para a nossa criança».

Tomás encaminhou-se para a macieira e em bicos de pés, esticando-se, colheu duas maçãs douradas. Com acarinhado cuidado guardou as maçãs nos bolsos da jaqueta.

Depois de percorrer mais uns passos Tomás apercebeu-se que a adega do Ti Anastácio desaparecera.

Praguejou à monstruosidade de azulejos que ocupava o lugar da castiça adega e da respetiva colgadura de vinhas que a alegrara. Os olhos dele agora trepavam com demora os socalcos da aldeia receando as mudanças que encontravam pelo caminho.

Tomás estremeceu.

Na humidade tórrida da prisão de bambu, Tomás matara o tempo a contar aos colegas de cela, histórias do vale da sua criancice. Refugiava-se na memória, temendo uma terra que murmurava sons que não reconhecia, o fustigava com odores que lhe arreganhavam os dentes, e que lhe oferecia comida que não digeria.

As histórias dele convidavam os colegas de cela a visitar todas as casas na aldeia, sentando-os na adega do Ti Anastácio onde os apresentava ao Quim, o melhor jogador de sueca. Quim e Tomás inventaram sinais de mãos secretos e não existia alma que os vencesse às cartas. Na taberna, os homens escutavam os desafios de futebol relatados aos berros do único rádio da aldeia. Domingo e todos os homens poderiam ser encontrados à porta do Ti Anastácio. Alguns sentavam-se nos bancos do pátio soalheiro, outros arremessavam patelas de ferro em jogos do bicho, temperamentos acesos, especialmente quando dinheiro estava em jogo e não só os botões das camisas. Tomás mantinha-se alheio aos jogos do bicho onde uma mão firme e pontaria certeira não poderiam ser substituídas por táticas matreiras. Muito embora as mãos se mantivessem ocupadas com o jogo do bicho ou da sueca, todos fincavam o ouvido no relato de futebol, preparados para interromper as suas jogadas para festejar ou amaldiçoar os golos anunciados na rádio.

Tomás partilhava devaneios caseiros com os companheiros de cela, convidando-os a restaurar o seu casebre e a transformá-lo num palácio caiado, ostentando peónias no peitoril da janela. Precisamente o que Palmira sonhava. Tomás prometeu aos amigos arranjar-lhes uma namorada numa desfolhada, cogitando maneira de lhes esconder nos bolsos os raros milho-rei enrubescidos que justificavam a roda de beijos e abraços.

No crepitar do calor africano Tomás tecia histórias caseiras, olho vigilante e alerta às aranhas mortíferas, prometendo aos companheiros de cela pagar uma rodada de vinho verde no Ti Anastácio, chegado o dia em que toda a gente regressasse sã e salva à terra natal. Para o fim, conversava consigo mesmo, alimentando memórias, enquanto que o Zé entrava e saía da condenação ao sono pelas seringa da tsé-tsé. Um completo batalhão evaporara-se lentamente, evaporara-se como charquitos de esperança apanhados na armadilha do sol. Paludismo, tsé-tsé, insolação, bilharziose e víboras. Víboras procuravam o calor do corpo humano no cacimbo da noite. Um soldado sonolento encontrava-se a uma mera reviravolta de se deitar sobre a morte. Tomás nunca dormira tão chegado a outro homem.

À noite, ainda mais incómodo que o uivar do miserável cão de guarda do Ti Anastácio, eram os uivos das hienas que lhe trespassavam os sonhos. Tomás prometeu nunca mais apedrejar o animal.

Com o coração contraído como um punho, Tomás avistou a sua casa airosa e branca sobressaindo-se do verdejante circunvizinho. Vasos de peónias sorriam dos parapeitos. Não se lembrava há quanto tempo se encontrava a contemplar a casa quando pela calçada de paralelos surgiu um bando de crianças a conduzir aros enferrujados de bicicletas. Um pau guiava o veículo das suas fantasias. Nessa idade Tomás ansiara pelo dia em que com essas peças de sucata construiria uma bicicleta nova.

Tomás indagou.

«Algum de vós é filho dos Farias?» Olhou-os no olhos procurando um reflexo de si mesmo.

«Não, senhor».

«Digam-me então onde é a casa do Tomás Faria?» Sorriu.

«Nunca ouvi falar nele», disse um, abanando a cabeça com determinação.

Tomás agarrou-se às maçãs que trazia no bolso, pontapeou uma pedra na calçada. A criança continuou.

«O último Faria de que ouvi falar foi o Ti Almiro Faria, mas ele morreu o ano passado. Não deixou herdeiros ao mundo. Foi o que disse a minha mãe». A criança enrolou um macaco do nariz e, com a ponta dos dedos, disparou-o para o ar.

Tomás tentou imaginar o pai a descansar no caixão, o inseparável lenço carmesim na lapela do fato domingueiro. Não lhe era possível distinguir claramente os olhos do pai. O que lhe teriam comunicado no leito da morte?

«E quem vive na linda casa caiada?»

«Sou eu, com a minha mãe, o meu pai e a minha irmã mais velha, Rosa».

De regresso ao carreiro do rio, Tomás seguiu as suas pegadas. Deambulava para trás e para a frente pela margem, apanhando os seixos acinzentados e espalmados que lhe chamavam a atenção. Com os bolsos a transbordar, arremessava-os furiosamente, aos ricochetes, pela superfície da água. Os seixos afogavam-se na corrente impetuosa. O rio prosseguia impávido aos pensamentos de Tomás, emaranhados no redemoinho de uma esteira.

Vozes de mulheres aproximaram-se. Tomás refugiou-se na sombra de uma figueira. Uma fila de mulheres, molhos de roupa suja a balancear na cabeça, plantou-se na margem. Ajoelharam-se na erva e esfregavam as roupas coloridas nas polidas lajes de granito.

«Sabem o que se diz do forasteiro que passou de manhã pela aldeia?» Uma mulher perguntou enquanto que enxaguava umas ceroilas, o ar a enchê-las na braguilha.

«Não é preciso muito para encher essa braguilha!» Uma rapariga fez troça e como resposta recebeu uma chuva de água.

«Dizem que o forasteiro é a imagem cuspida do fantasma do Faria!»

«Não espalhes boatos criatura. Acordas-lhe a alma donde descansa em paz». Ela levantou os braços ao céu.

«Como já não chegasse o Calvário por que passou a pobre Palmira. Imagine-se a desgraça de ter que enfrentar o fantasma do falecido marido depois de ter refeito a vida com um bom homem».

«Seria uma tragédia trazer de volta o homem. Isso são águas passadas», concordou outra mulher.

A conversa virou-se para os filhos, as vindimas, o tempo, até que as palavras foram substituídas pelos estalos rítmicos da roupa na água.

Tomás deambulava pelos campos, desorientado, até que o sol se pôs e ele foi dar à taberna do Ti Anastácio. Numa esquina sombria, três rapazes, que não reconheceu, olhavam fixamente a televisão. Tomás encaminhou-se para o balcão e pediu uma garrafa de vinho novo.

«Onde está o malandro do Ti Anastácio?» Tomás esforçou-se por incutir um tom alegre à pergunta.

«Já se foi há muito. Morreu de desgosto ao perder a taberna às cartas», disse o empregado de balcão, enrolando as mangas da camisa, tossindo e cuspindo o escarro para o ladrilho.

«Ai sim! E de quem é agora?»

«De Quim Lesto. Não o encontrou por uma unha negra», disse o empregado, enchendo de alto o primeiro copo. O vinho espumava.

Tomás detestava o Quim, detestava os ladrilhos que substituíam o chão de pedra.

«Estou à procura de um amigo, dum velho amigo. Pode dizer-me onde moram os Farias?» Tomás tamborilava as unhas no balcão e olhava de relance a televisão.

«Algum de vocês ouviu falar nos Farias?» O empregado perguntou em voz alta aos rapazes.

Abanaram negativamente a cabeça e sem desviar os olhos da televisão.

«Parece que não o podemos ajudar aqui», disse o empregado com um sorriso largo e outra tossidela.

«Dava-nos jeito outro par de mãos para um jogo de sueca!» Disse um dos rapazes continuando a fitar o ecrã.

«Obrigadinho, mas não sei jogar», disse Tomás por entre dentes.

Acabou de beber a garrafa em silêncio.

Tomás encostou-se à parede da azenha abandonada, amaldiçoando a noite e a sua gelada humidade. Meteu as fraldas da camisa nas calças, tentativa fútil para impedir o ar gélido do outono de lhe cortar os ossos. Aqui e ali ouvia o estalar intermitente de galhos.

Uma coruja, empoleirada numa macieira, piava com insistência. Tomás, crente em maus augúrios, estremeceu. À distância, o fumo serpenteava das chaminés e dissipava-se nas estrelas. Tomás cheirava o consolo de uma fogueira a queimar. Apercebeu-se de dois olhos no meio das silvas, luzindo como punhais. Tão rente ao chão que estava certo pertencerem a uma fera. Fingiu não se aperceber até, que com um suspiro de alívio, reconheceu o cão do Ti Anastácio.

«Chega-te aqui malandro. Está mais quentinho se nos enroscarmos um no outro». O cão, velho e artrítico, pelo prateado e caduco, enroscou-se a seus pés.

Tomás conversava com o cão, pedia-lhe desculpas por cada pedra arremessada, até que as palavras indistintas tropeçaram na escuridão e silenciaram-no.

Na sua sonolência imaginou que ouvia uma tosse esporádica, abafada, seguida do rosnar tímido do cão e sucumbiu ao cansaço, sonhando com uma víbora africana que finalmente se lhe juntava, deslizando-lhe pelas costas acima, enroscando-se-lhe no pescoço. Tomás respirava com dificuldade e acordou antes que o peito lhe explodisse. A um palmo da cara distinguiu uns olhos injetados de sangue.

«Raio de fantasma. Vieste para nos assombrar?»

O cão ladrava. Tomás não ofereceu resistência. Desejava que um sorriso lhe decorasse o próprio rosto ao sentir o peito a rasgar pelas costuras. A sua visão embaciava-se aceleradamente. A escuridão engolia-o. Tomás pensou que ouvia a voz da Palmira à distância e no momento em que o seu corpo lhe parecia flutuar para o céu. O homem soltou o nó ao pescoço do Tomás. Tomás mantinha-se imóvel, respirando com dificuldade, não ousando abrir os olhos. Parecia-lhe ouvir um soluçar abafado.

Quando finalmente abriu os olhos Tomás reconheceu Quim com o rosto meio escondido nas amplas e nodosas mãos. Desfocada, alguns passos atrás, encontrava-se a Palmira. O cão rosnava por entre dentes cerrados. Tomás teve um ataque de tosse, cuspiu sangue. Respirou fundo.

Palmira apareceu lentamente em foco. Uma dor terrível espetou-se-lhe no coração.

«Querida Palmira, continuas tão radiante como no dia em que parti», suspirou Tomás. Reconheceu-lhe o velho vestido de grávida com o estampado de rosas, a barriga avolumada, e perguntou a si mesmo se na verdade nunca partira.

«Vou ter que te matar!» Quim pegou num calhau e ergueu a mão.

Palmira dirigiu-se ao Quim, abriu-lhe os dedos da mão e abraçou-o.

«Acalma-te Quim. Já discutimos este assunto». O calhau escorregou-lhe dos dedos e atingiu o cão. O cão ganiu.

Quim desapareceu a bater com os pés no chão e a rosnar, pisando o silvado que lhe aparecia pela frente.

Palmira, imóvel, fitava Tomás. Os olhos deambulavam pelos anos ausentes, descobrindo as novas marcas do tempo cinzeladas no rosto. Ao perto, o uivo de lobo do Quim acompanhava o estilhaçar de pedregulhos esmigalhando o ar. Fazia lembrar ao Tomás granadas a explodir e até lhe parecia ver faíscas. O cão aconchegou-se-lhe.

«Só te queria ver uma última vez Palmira, agora podes matar-me».

«Deixa-te de tragédias Tomás. Quero que conheças a tua filha Rosa». Palmira ajoelhou-se ao lado de Tomás. Pegou-lhe na mão e acariciou a aliança, contemplou o luzidio toco do castanheiro banhado pelo olhar cheio de lua.

«Mas quem sou eu aos olhos dela? Um desconhecido?»

Tomás procurou algo nos bolsos.

«Gostaria de lhe oferecer esta maçã», disse Tomás, mostrando a maçã na palma da mão.

O corpo da Palmira estremeceu como ele recordava que estremecera quando da partida.

«Claro, deves dar a maçã à Rosa».

Já não se ouviam os pedregulhos a estilhaçar. Sobressaía o silêncio. O estalar de galhos anunciou o regresso de Quim. Palmira levantou-se e esperou-o. Enroscou o braço pela cintura dele e disse: «O passado não precisa de ser enterrado, Quim. Tudo se resolve. O Tomás vem viver connosco, e até pode ajudar-te na taberna e a mim nos campos».

«Não preciso de ajuda. Ainda menos de um maneta. Este canalha nunca irá dormir em casa minha», disse Quim e afastou-se da Palmira.

«Deves querer dizer a minha casa! Mas não tem mal, podem dormir os dois debaixo das ruínas do teto do falecido Ti Faria. Podem compô-lo juntos. É remédio santo para se entenderem. Eram bons amigos não eram?»

«O que vai pensar a aldeia?»

«O que nós pensamos é que importa. A aldeia vai ter que se resignar».

«Ainda tens sentimentos por ele?»

Palmira procurou os olhos de Tomás, esquadrinhou-lhe o rosto.

«Lá ter tinha. As pessoas mudam. Com os tempos, rios mudam o seu curso. Hoje não somos as mesmas pessoas de ontem».

A geada luzia na vegetação. Uma coruja sobrevoou-os serenamente e empoleirou-se numa macieira vizinha. O aroma de lenha a arder lembrou-os que a noite tinha dentes.

«E onde é que ele irá dormir?» Quim cruzou os braços sobre o peito.

«Partilhas o quarto com o Tomás. Eu vou para o quarto das crianças». Os olhos dos homens arregalaram-se.

Entreolharam-se pasmados. Depois riram-se.

Palmira estendeu a mão ao Tomás. Ele tiritava. Tossiu. Os dentes batiam.

«Para jantar temos uma malga de caldo verde e broa. Vem».

Tomás sentiu uma lágrima a deslizar-lhe pelo rosto.

Palmira recordava-se da sua sopa predileta.

«E o cão pode viver connosco?»

Palmira e Quim olharam espantados para o cão enroscado aos pés do Tomás.

«E porque não? De qualquer maneira o bicho anda sempre pela taberna», disse Quim. Despiu o casaco e agasalhou o Tomás.

«Vamo-nos antes que morras de pneumonia».

Amparado nos braços de ambos, o Tomás levantou-se. Ao luar reparou que rebentos despontavam do toco do castanheiro. Cheirou o conforto de lenha a arder e as suas mãos, agarrando-se aos corpos quentes, puxaram o Quim e a Palmira para mais próximo de si. Juntos e sem palavras caminharam pelos campos na direção da alumiadora e acolhedora luz que escorria pela janela da casa.

UMA ARAGEM
DE MEMÓRIA

Florindo Ramos adorava árvores, e sempre adorara, desde que num inverno turbulento, quando rapaz ágil, saltando de pedra em pedra, procurando musgo pela orla do rio Caima, escorregara, caindo na rodopiante corrente, «Eu cá teria afogado», contava Florindo às crianças que o rodeavam e atentamente escutavam as suas histórias após o fim das aulas. Com ternura, Florindo acariciou as verdejantes e lustrosas folhas dos rebentos que cresciam sob a copa da mãe ginkgo. Florindo continuou, dirigindo-se às crianças e aos rebentos, «Remei com os braços, mas sem sorte. Afundei num fechar de olhos. Foi então que a minha ginkgo se arqueou, quase pulando da terra», indicava ele com um dedo as raízes expostas lembrando pernas, «e salvou-me, com um varrer dos braços». Com delicado carinho, Florindo beijou a rubra casca da árvore. Por cima das cabeças das crianças as folhas menearam-se como se acanhadas.

Desde esse dia, sempre que o pai se recolhia ao quarto para rezar os Mistérios Sagrados do terço noturno, Florindo saltara da janela do quarto para os ramos da ginkgo, essa árvore querida da família e plantada pelo seu bisavô depois de regressar lá dos mares do Oriente.

Adormecia enroscado aos pés da árvore, o rio Caima a deslizar e a rumorejar aos seus pés. Pressionando as palmas da mão no tronco, ele sentia as pulsantes raízes da ginkgo bebendo a seiva das profundidades da terra.

De manhã, despertado pelas árias imaculadas dos rouxinóis de peito amarelo, «Piu...Piu...Piu… Pi...Pi...Pi... Piuuuuu...Piuuu...», Florindo levantava-se e, espreguiçando-se, agarrava flores, prestes a desabrochar, levando-as até às narinas e perfumando os pulmões com a fragrância. Bocejava e esfregava as folhas entre as mãos para refrescar a pele. A árvore exalava. Florindo inspirava. Ele exalava, a ginkgo inspirava. Uma conversação que duraria uma vida.

Ti Clemente assim como um grande número de aldeãos, mostravam rancor à vida infrutífera do Florindo Ramos. Ao nascer do sol, quando Ti Clemente se encaminhava para os campos e suava até que as últimas migalhas de luz se sacudissem do céu, Florindo sentava-se nos dias, usufruindo o sabor da sombra, quer em folguedo, quer em torpor.

«Devíamos era pôr o paleio dele a bom uso nas leiras de milho, atrás dos bois, convencendo as bestas a bulir!» bufava Ti Clemente entre dentes, à frente dos bois, aguilhoando-os.

«Deixa o cachopo em paz. Ele está embeiçado pela avenca», desculpava Ti Clarissa seguindo na alçada do marido. À socapa, de tempos a tempos, ela trazia broa e outros restos ao Florindo. «Ele é mais feliz que qualquer um de nós. Vê o carinho que ele lhe dispensa», indicou em direção ao Florindo que varria o tronco da ginkgo com uma vassoura de giesta.

Florindo nunca respondia à língua afiada do Ti Clemente. Procurava refúgio do calor de verão, debaixo da sua ginkgo cujas folhas em leque oscilavam levemente, agitando a brisa e refrescando o ar.

De nariz na erva, estendido debaixo da ginkgo, Florindo descobriu a revelação de que o ar continha memória. A revelação deu-se quando não contemplava nenhum pensamento em especial. Observava uma abelha a recolher pólen, quando sentiu as palavras e as imagens cristalinas da sua falecida avó a povoaram-lhe a mente. Florindo recordava os dias em que juntos passearam nos campos ou na orla do rio Caima, a colher ramos de violetas silvestres dos combros soalheiros.

Florindo apercebeu-se que o mesmo ar que em tempos passados habitara nos combros ou enchera o peito da avó, bulia agora também no seu peito. Ele sorriu e estalou a língua.

«Memória é o ar que respiramos», exclamou em voz alta, colocando uma folha de erva entre os dedos e soprando-lhe, um assobio soltou-se. Florindo imaginava o ar dos pulmões a encher as gentes com a memória das suas vidas. E no instante em que os pulmões se esvaziassem a vida cessava. As pessoas nunca mais se recordariam de nada; nem de quem eram, nem dos habituais maus caminhos do passado. A memória desaparecia nas asas do último suspiro, deixando atrás o vazio do esquecimento, da morte.

Anos mais tarde, num hospital citadino, quando visitava o pai e lhe inspecionava os tubos a entrar pelo nariz, (tubos oriundos de uma garrafa a encher-lhe os pulmões de ar, mantendo-o vivo) foi aí que Florindo se apercebeu de que o pai se encontrava no caminho errado para recuperar o sabor da vida.

«Os Senhores estão a alimentá-lo de ar engarrafado e morto», queixou-se aos médicos. «O meu pai deve regressar agorinha mesmo a nossa casa. De volta à família e a partilhar o ar que respiramos para lhe lembrar quem ele é, onde pertence!»

Os médicos olharam espantados para a face enrubescida do Florindo, para as folhas embrenhadas nos caracóis. Um cheirinho a erva fresca permeava o ar.

«Concerteza que compreendemos que seja desconcertante para si», disseram os médicos, batendo-lhe amigavelmente nas costas, oferecendo-lhe um copo de água e um comprimido fluorescente.

Do bolso das calças, Florindo retirou uma fotografia ampliada do pulmão humano e colocou-a sobre o joelho. Desdobrou o papel e com o cotovelo, alisou-lhe os vincos. Orgulhosamente apresentou-a por entre o riso abafado dos médicos.

Na fotografia, os pulmões lembravam as extremidades dos ramos das árvores, «e é aqui que o ar, a memória, sussurra para dentro e para fora», Florindo acentuou. Era como se as pessoas contivessem uma floresta em miniatura dentro dos seus peitos. «Hããããã... os alvéolos», abanavam com a cabeça os médicos. As suas risadas finalmente explodiram e Florindo fugiu, sentindo-se sufocado no ar rarefeito do hospital.

Nessa noite, Florindo aconchegou-se nos ramos da ginkgo. Ela embalou-o enquanto que ele finalmente adormeceu de tanto chorar. Nos seus sonhos a ginkgo sussurrava-lhe, encorajando-o a macerar as suas folhas, e quando pó, a misturá-las em água para as levar ao pai. «Vai-lhe abrir uma passagem de ar para o coração. A sua memória vai compor-se», a ginkgo insistiu com a voz confiante de quem pertence à mais velha linhagem de árvores na terra, tendo sobrevivido à idade do gelo e a inúmeras adversidades.

Sem sinal de aragem, e como tivesse sido acotovelado, Florindo despertou do seu sonho, estendido no chão. As folhas da ginkgo abanavam num frenesim. Florindo apressou-se. Colheu uma mão cheia de folhas e moeu-as numa pedra polida. Depois, correu a distância da maratona de retorno à cidade e esgueirou-se para dentro do hospital com o pó no bolso. Escancarou a janela do quarto do pai e passou o resto da noite a humedecer-lhe os lábios com a mistura.

Pela manhã, quando o pai readquiriu a consciência, os médicos encaminharam-no para casa, «remissão espontânea», concluíram, escrevinhando nos seus diagramas médicos.

Nuvens ameaçadoras acumulavam-se em Vale D'Água Amargurada quando o Florindo regressou com o pai. Pinheiros e carvalhos brandiam os ramos. Um vento levantava nuvens de pó e um silvo frio varria os campos. No recreio da escola um bando de crianças brincava, galopando em varas de pau, tal batalha de espadas entre cavaleiros. As folhas das árvores roçavam sem descanso, como se rangessem dentes. Faíscas rasgaram o céu em dois. Uma árvore rangeu e tombou sobre a serração. Gotas de chuva caíam, disparadas em flecha.

Florindo correu em direção à ginkgo. Lágrimas de seiva brotavam de um ramo rasgado. Com os frágeis troncos desaparecidos, só os pés dos rebentos restavam. «Já vi que tentaste arredar os assassinos», Florindo sussurrou, pressionando o rosto no tronco humedecido, deslizando a mão pelas costas da ginkgo. Sem perder mais tempo colocou-lhe ligaduras nos ramos, rasgando a camisa em faixas e cuidadosamente improvisou um tiracolo.

Florindo sentiu a terra estremecer assim que a forquilha dos relâmpagos se enterrava no chão. O rio Caima corria apavorado, chispado pela faísca que descia a sua veia. Os pelos na nuca do Florindo ergueram-se.

Apressou-se, juntando braçadas de folhas e cobrindo os rebentos. De seguida, encaminhou-se para o recreio e recolheu as espadas abandonadas pelas crianças. Devolveu-as à ginkgo, espetando-as na terra e de onde se ergueram como lindas cruzes. A chuva não se cansou até à lua seguinte enquanto Florindo tocava músicas fúnebres na harmónica.

Depois do dilúvio, à vinda da escola, de livros debaixo do braço, as hesitantes crianças paravam perto da ginkgo do Florindo.

«Florindo, o Senhor Professor Manecas diz que nos devíamos preocupar com os deveres de casa em vez de desperdiçar tempo a palrear contigo», informou o Bonifácio Careta, sempre o mais cético do grupo e que nunca se sentava, receoso de sujar os calções amarelos.

Florindo deixou escapar um suspiro na direção da ginkgo antes de responder.

«Acerquem-se», ele fez sinal para se lhe juntarem. «Vou contar-vos um segredo». As crianças aconchegaram-se ao seu redor como fenos. «As árvores brotam ramos num ror de direções», continuou o Florindo, levantando o polegar na direção da árvore. «Sigam a rota de cada ramo e tropeçarão em muitos espantos. Coisas que doutra feição passam despercebidas».

As crianças ficaram pensativas. Olhavam pela árvore acima e cada uma procurava um ramo para seguir a sua trajetória. «Eu vejo um ninho de rolas no campanário da igreja!», «E eu uma toca de coelho do lado de lá do rio!», «Uma nuvem em forma de cavalo!» As abelhas zuniam por entre as exclamações das crianças.

Florindo abanava com veemência a cabeça e prosseguiu.

«O professor Manecas ensina-vos que o saber está em livros. Mas lembrem-se que os livros são engenhados de árvores». As crianças olharam pasmadas para os seus cadernos e livros, olhando de seguida para a ginkgo. Florindo prosseguiu. «Os que escrituram livros pensam que são eles que tecem as ideias nas suas cerebruras, mas não, é disparate. O saber já se escondia no papel pronto para ser lembrado e inscrito».

Florindo cuspiu num dedo e folheou um livro. Esfregou uma página entre os dedos. O papel enrugou-se. «Isto é sapiência rala comparada com o tronco de uma árvore», disse Florindo. Uma folha de gingko dependurava-se no canto da boca do Florindo e rodopiava com o movimento dos seus lábios. «Assentem-se com pachorra debaixo duma árvore e também aprenderão coisas», concluiu Florindo, começando a tocar harmónica. Um chuvisco rompeu.

À mais lesta oportunidade as crianças procuravam Florindo à sombra da ginkgo, para escutar as histórias maravilhosas que iluminavam a razão de ser do mundo. As histórias eram doces como o mel silvestre, que escorregava da colmeia ao dependuro dos ramos altos da ginkgo, ou as histórias eram ácidas e estimulantes como uma mordiscada numa azeitona.

«Florindo, não lhes ponhas ideias macacas na cabeça», Ti Clemente bradava de longe, rindo por entre dentes, ao regressar dos campos, com um molho de colmo à cabeça, destinado ao gado nos currais.

As ideias de Florindo foram batizadas ideias macacas depois do escandaloso dia que ele informou as crianças que as pessoas eram descendentes das árvores. Florindo encaminhara as crianças para a clareira dos lenhadores nos confins da aldeia, e juntando as crianças ao redor de um toco com diâmetro suficiente para fazer de mesa, colocou as costas da mão, de palma aberta sobre o toco, ao lado dos veios da madeira, mostrando às crianças que pessoas e árvores eram parentes. As crianças, pasmadas, deixaram escapar um assobio pela óbvia afinidade dos contornos da falecida árvore com as linhas em contornos também nas cabeças dos seus dedos. «Dos tempos em que nos pendurávamos dos ramos, as árvores deixaram o seu cunho nas nossas mãos», disse por fim Florindo. Uma história que caiu mal assim que chegou aos ouvidos do Padre Lucas durante a catequese, requerendo muita água benta e terços para ser diluída.

As crianças continuaram a convergir para a companhia de Florindo já que ele dava ouvidos às histórias dos pequenos. Florindo apercebeu-se que as crianças estavam em perfeita sintonia com as vozes da terra e devotadamente acreditava nas suas memórias. Assim como quando a tímida Alzira se recordava de ter sido toureira, com as bandarilhas multicolores erguidas, e descrevia com minuciosos detalhes a dança a pés finos debaixo do nariz fumegante do touro e com o som do trombete a encorajá-la.

Florindo compreendia que as crianças chegavam ao mundo de mente aberta e ainda sem hábitos formados. Chegavam com resíduos de vidas passadas, vidas ainda suspensas nas almas e facilmente relembradas. Mas com a idade e as experiências do dia a dia as crianças preenchiam a memória com a vida presente, começando a ocupar a alma e não deixando espaço para a presença das vidas passadas.

O Senhor Mário Mateus espreitava da janela e aguardava que as crianças fossem chamadas para o jantar. Então, na companhia do seu fiel guarda-chuva e assegurando-se que ninguém detetava o desvio do seu habitual passeio pelo monte, visitava o Florindo e a ginkgo.

«Florindo, o que dirias a alguém que precisasse de conselhos sobre a melhor maneira de afugentar pesadelos assolando uma mansão assombrada?», Senhor Mateus mudava-se de pé para pé, olhando com intensidade o céu.

Florindo apesar de crer que cada casa continha vestígios de ares ancestrais não acreditava em casas assombradas.

«Uma casa a abarrotar com mais ares de mortos do que de vivos, está cambada», Florindo informou Senhor Mário, indicando o telhado descaído da mansão, corcovado sob o pesar dos anos. Encorajou-o a escancarar os olhos da mansão aos dias soalheiros e a convidar risadas órfãs para residir nela.

«Isso é uma solução muito complicada. Não tens nada mais simples?», Retorquiu Senhor Mário. Florindo ignorou o comentário e continuou. «Uma casa bem arejada cura as malezas. Mas nunca se deslembre que uma casa com caráter pede uma boa medida de vidas passadas entre as suas paredes».

Senhor Mário Mateus esgravatava o chão com a ponta do guarda-chuva e balbuciava palavras indecifráveis até que fincou o olhar no azul e perguntou.

«E o que dizes para fazer desaparecer fantasmas ancestrais só dum quartozito então?»

Senhor Mário Mateus insistia com Florindo para que ele lhe oferecesse respostas mais simples. Endireitou a rosa na lapela. Florindo sugeriu que ele escutasse mais atentamente as vozes do passado.

«Os espíritos só pedem para ser ouvidos», Florindo explicou que os desejos dos antepassados, emaranhados nos fios das tapeçarias ou agarrados ao pó das fotografias amarelecidas eram tão fundamentais como pão e água para a felicidade de um lar. Por vezes os mortos necessitavam da ajuda dos vivos para corrigir injustiças cometidas durante as suas vidas. «Desde que socorramos os mortos para eles alcançarem a redenção concerteza que nos cederão espaço para respirar».

«Ora bem, é melhor eu ir andando antes que o sol morra», Senhor Mário Mateus afastou-se na direção do monte.

Empoleirado na ginkgo, Florindo fitava o monte na orla do Vale D`Água Amargurada, mansamente, mas incessantemente arroteado por aldeãos para leiras de cultivo.

«Isto está muito mau querida ginkgo, não está?»

Florindo encostou-se ao tronco da ginkgo, colocou as mãos em concha sobre a casca da árvore e escutava os lamentos das florestas distantes.

Florindo sofria, reconhecendo que a irreparável história do mundo se encontrava enterrada nas raízes. As folhas encarnadas, eram línguas cortadas, tombando para o chão, silenciadas. Florindo estava convencido que o repositório do conhecimento do mundo, da memória universal, entrava nos pulmões das árvores através das folhas ou agulhas. Os tocos, incapazes de exalar e libertar a memória, incapazes de libertar as histórias, incapazes de refrescar a memória do povo, armazenavam os seus pensamentos nas profundezas das raízes. Vidas cortadas prematuramente, recusadas o seu merecido declínio na velhice, recusadas a vagarosa despedida dos anos, quando passariam o testemunho da sua acumulada sabedoria para os rebentos.

Com a destruição do monte Florindo apercebeu-se que o estado de espírito na aldeia se deteriorava. Ti Celestino que nunca importunara uma mosca, de súbito começava a pontapear o seu fiel Peyto, enroscado a seus pés, e sempre que a surda criatura não lhe obedecia às ordens para se pôr a andar. Felismina Alves, a bruxa da aldeia que há décadas se desterrara no coração solitário da encosta do sul, de repente, parecia não poder curar a mais pequena enxaqueca. Constava-se que se esquecera das suas mezinhas assim como dos seus ingredientes especiais. Ti Ernesto Funesto faltava à sua palavra, e a muitíssimas outras mais, alegando nunca se recordar de ter selado os seus compromissos com um aperto de mão. Sem o respirar das árvores para enraizar e radicar a aldeia, Florindo acreditava que cada vez mais as pessoas se sentiam confusas e perdidas, emaranhadas nos desabamentos do passado, esquecendo-se da essência que ancorava a terra, a si próprias e ao mundo.

Ao fim de um dia de aldeia, o céu suava num corado tinto e os rapazes congregavam-se na companhia de Florindo, sob a árvore de ginkgo, esfregando as mãos nervosamente, solicitando conselhos que acalmassem o insistente embaraço dos corações enamorados.

«Florindo inventa-me um poema lindo para dar à Rosa», pediu Armando, com uma flor por trás da orelha.

«O amor não está embutido nas palavras», disse Florindo ao Armando e aos outros rapazes. «Para se ter a firmeza da presença do amor, certeza de não se estar emaranhado na miragem dos olhos, beijem».

Florindo ajoelhou-se em frente duma margarida e respirou profundamente. «Beijem-se mimosamente, beijem-se folgadamente. Convida o bafo fervente da Rosa nas tuas entranhas e a porta da alma desabrochará. As línguas, sentinelas, bailarão em mudez. Comunguem. Sentimentos de mel virão à tona. Os vossos passados vão entremear-se. Pertencerão um ao outro», Florindo deteve-se e mordiscou nas pétalas brancas. «Destapem a verdade, os segredos mais íntimos de cada um. Sejam zelosos com esses tesouros. Guardem-nos no altar do coração. Mesmo que as montanhas se ergam entre ti e a Rosa, o perfume e sabor dessa comunhão vai entrelaçar-vos para sempre».

Um sopro de vento tombou uma nuvem de folhas aloiradas. Caíram no regaço de Florindo. Ele corou. O outono chegara para despir a ginkgo. Florindo sentou-se timidamente ao lado da sua querida árvore.

«Florindo se estás tão apaixonado porque não casas com a tua ginkgo?», perguntou o Bonifácio Careta, casamenteiro e nunca deixando passar uma oportunidade de brincar aos enlaces.

Florindo piscou o olho à ginkgo. Fechou os olhos, colocando a palma da mão no tronco, bebendo o mais longo e profundo fôlego jamais visto pelas crianças.

«Isso é que foi uma lembrança esmerada», disse finalmente Florindo.

No Domingo as crianças decoraram os ramos da ginkgo com grinaldas de violetas. Durante a cerimónia de casamento, que o Padre Lucas se recusou a abençoar, e onde não foi dita uma única palavra, Felismina Alves, tatuou as iniciais da ginkgo biloba no braço do Florindo, ao mesmo tempo que ele entalhava as suas com a ponta de uma unha no tronco da árvore. Pássaros empoleiravam-se por entre a folhagem e acartavam nos bicos amoras da orla do rio. Doçura chovia sobre os convidados, e as crianças, deitadas, de boca entreaberta, esperavam com as suas línguas estendidas e prontas a apanhar os bagos em queda.

As folhas da ginkgo batiam como castanholas e Florindo, a bater com os calcanhares, rodopiava agarrado ao tronco, dançando a sua alegria ao som da concertina de Prudêncio Casmurro.

Apesar de os aldeãos fingirem que tudo não passava de uma ideia maluca não puderam evitar a sua curiosidade e sentaram-se na margem oposta do rio Caima, fingindo pescar ou entrançar cestas enquanto seguiam o alegre acontecimento.

«Até aposto que vais fazer casa na árvore!», bradou Ti Clemente do outro lado do rio. As mulheres mandaram-no calar, batendo palmas ao som da concertina. Por entre a balbúrdia do folguedo as palavras não atravessaram a corrente.

O frio de dezembro caíra sobre o vale. As mulheres atarefavam-se nas suas cozinhas a cozer bolo-rei e a demolhar bacalhau para a noite de consoada. Ti Clemente e bandos de aldeãos de machado ao ombro, marcharam para o monte em busca da árvore de natal perfeita. Florindo seguia-os em silêncio e acendia velas nos tocos das árvores caídas. À noite, durante a vigília, rezava, olhando a destruição. Rezava mais alto que os hinos dos congregados na igreja, a esvoaçar para o monte, cantando e festejando o nascimento do Criador.

Florindo também festejou o Natal. Dependurou lampiões nos dedos da ginkgo e cobriu de açúcar em algodão os seus ramos. As crianças, uma por uma, após a missa do galo, fugiram das casas e juntaram-se ao Florindo, dependurando-se na ginkgo a cantar e a lamber o açúcar em algodão. As crianças vestidas de roupas garridas balouçavam-se dos ramos, cachecóis a esvoaçar ao ar, fazendo lembrar as decorações de natal ao dependuro.

Uma fogueira de caruma e lenha seca, assava as castanhas brancas da ginkgo, as quais Florindo considerava petisco esmerado.

Assim como durante a lua cheia, nas noites transluzentes, quando os adultos dormiam, Florindo e as crianças ocupavam-se a plantar sementes pela periferia da aldeia. Plantavam e cantavam:

«*Dança vento dança*
Valseia a semente
Deves ter convicção
Que as árvores perdurarão»

Ano após ano, impercetível ao olhos dos aldeãos, árvores cresceram em volta da aldeia formando um escudo protetor de verdura.

Na adega do Ti Anastácio, os homens da aldeia congregaram-se em volta da telefonia escutando as notícias do fim do dia enquanto que Florindo se sentava no ramo mais alto da ginkgo respirando as notícias do mundo transportadas pelo vento. De olhos fechados, imóvel, permitia à barriga, aos dedos das mãos e dos pés que se enchessem de ar.

Florindo abria o peito ao vento agitado. Sentia o impercetível formigueiro de notícias adversas transformarem-se num arrepio, intensificando-se, ganhando o ímpeto de uma ventania. Os dedos da mão picavam-lhe. Florindo escutava, pressentindo más notícias. Os aldeãos aumentaram o volume da telefonia, fazendo ouvidos moucos à subtil agitação nas suas almas. Tal como o faziam no dia a dia quando negavam até ao último instante, os pressentimentos íntimos, esse instante da chegada do portador de más notícias. Apesar da cegueira da dor, contraindo-lhes o peito, eles mostravam-se só meio surpresos. No fundo, no fundo, na raiz da alma, eles já tinham sentido o pressentimento.

Florindo empoleirou-se na copa da ginkgo escutando a fúria do vento. Para o poente os céus enegreciam. O vento oscilava as árvores e levantava nuvens de poeira. As folhas batiam os dentes.

As crianças congregaram-se debaixo da ginkgo, enroscados como fetos. Para aliviar o medo das crianças Florindo assegurou-lhes que os ventos enraivecidos não lhes tocariam. «Os ventos não vão fazer ruindade aos de família», Florindo sussurrou com gravidade, indicando o escudo protetor de árvores rodeando o vale.

Pela noite fora a ginkgo tremia e rangia face ao vento de ferro abrindo caminho pela terra, enviando gado a rodopiar pelo ar como seixos. A ginkgo manteve-se firme e Florindo e as crianças adormeceram enroscados aos pés do seu tronco.

Florindo acordou ao som dos congregados na igreja, do outro lado do rio, cantando hinos, «Deus, tenha compaixão de nós, pecadores...»

O furacão que varrera a região deixara a aldeia relativamente ilesa. Os aldeãos espantaram-se pela divina sorte. Prometeram rezar mais ardentemente, assim como fielmente obedecer aos dez mandamentos.

Para louvar a Deus por lhes ter poupado a vida e a aldeia, colocaram machados ao ombro e partiram em debandada para tombar as árvores mais robustas e erguer uma capela em honra do Sagrado Senhor Dos Ventos Celestes.

VERA

Vera descansava, enroscada na sombra do ventre, meditando sobre o amanhã, centímetro a centímetro ganhando força e enchendo-se de preparo, preparo invisível como o ar que enfuna os pulmões e incita a voz, invisível como o vento que esculpe as paisagens e molda o mundo. Vera descansava até que a picada da seringa a ejetou do seu estado ensonado. Lançou-se em frente, iniciando as contrações que a despejaram em direção da ranhura de luz e para as faces indistintas em expectativa. Vera arremessou-se ao mundo vestida com o longo e preto casaco de pelos que levou o irmão a exclamar em delírio ao vê-la pela primeira vez, «Uma macaquinha». Tal distúrbio, orquestrado atempadamente, para agradar e saudar o pai que regressava nesse fim de semana de uma ausência de muitos meses numa sangrenta excursão militar pelo hemisfério sul. «Para demonstrar aos rebéis insubordinados as regras de civilidade e comportamento democrático», proclamou ele ao finalizar o seu discurso na praça. Nada poderia ter sido mais festivo para celebrar as boas vindas do herói do que esse monumento vivo á sua carne e sangue.

No berço, a Vera chorava incessantemente. Os pais apontavam o dedo ao calor de verão e ao suplício das moscas. Desceram os estores, sentenciando a casa à escuridão. Os gritos de Vera persistiam. Os pais concluíram que o tédio era o culpado e enterraram a Vera sob ursos de peluche. Os ursos não conseguiam trazer felicidade para a sua vida. Vera receava a ausência de luz. No escuro ela perdia a cor e os contornos do seu mundo. O poste dourado do berço levantava-se do lusco-fusco como uma agulha gigante cobrindo os seus olhos de recém-nascida.

O irmão, agora desiludido pela inabilidade de Vera de se dependurar das árvores, soprava-lhe na boca, temporariamente enchendo-a de silêncio. «Para de chorar e serás feliz», gritou ele em desespero. Os gritos de Vera intensificaram-se. Ela apertou intensamente os punhos e enterrou as unhas pela carne, o sangue a ocupar os sulcos dos cortes.

Sentindo-se culpado, o irmão rendeu-se aos gritos da Vera. Debruçou-se sobre o berço e descansou a cabeça junto a ela, ancorando seguramente a esvoaçante e ansiosa mão na orelha dele. Vera agarrou-se à orelha, tal marinheiro naufragado agarrando-se à vida. Ela esfregava o lóbulo da orelha, entre o polegar e o indicador, apaziguando a sua respiração em soluços. Com a orelha dos lençóis, o irmão enxugou a mistura de lágrimas e suor que encharcavam o cabelo dela e lhe empurravam o sangue às bochechas. Puxou o fio da caixinha de música,

Dorme minha menina dorme
Que a mãezinha logo vem
Foi levar os faixeirinhos
Ó Riozinho de Belém

Vera adormeceu de exaustão e o irmão, pé ante pé, afastou-se. Sentindo-se abandonada, Vera acordou aos gritos. Com o tempo, o irmão aprendeu a deixar-lhe uma orelha de porco na mão.

Com mais idade a Vera seguia a mãe de tarefa em tarefa, agarrando-se ao avental, nunca se querendo separar do conforto de um peito abundante. Durante o chá da tarde, Vera conduzia a mãe para o parapeito da janela e trepava-lhe para o colo, espiando através de cortinas de renda e nuvens de moscas, crianças que faziam correr pela praça papagaios de papel coloridos. A Vera nunca teria se separado do conforto do peito da mãe não fora o pai. Num ataque de ciúmes, arrebatou-a da fonte materna vociferando, chegou a hora da comida de graúdo». Apertando-lhe as bochechas, enfiou-lhe pela garganta dentro uma tijela de sopa de abóbora. A última colher desapareceu na boca e, antes que o pai encontrasse um momento para se congratular pelo sucesso da sua missão, jatos de abóbora devolviam a sopa à tijela.

Homem de princípios militares, o pai não estava para ser derrotado por insolência alguma, muito menos a de uma mera criança. Entre lágrimas e gritos ele entrou em finca-pé, forçando a boca de Vera a abrir e a engolir o vómito de abóbora.

Quando chegou o momento de ir para a escola, a Vera chorou desalmada, agarrada às saias da mãe, suplicando a sua mercê. Sentada ao lado de Vera na sala de aula, a mãe encolheu-se numa secretária de criança que lhe pisava os joelhos. Guiou a mão de Vera pela dança da caligrafia e explicou, o melhor que podia, «O b é na verdade um d visto num espelho. E um p é um b a secar de pernas para baixo numa corda».

A professora solicitou a presença da Vera ao ameaçador quadro. Em expectativa a classe esperava que a Vera escrevesse um d. Sem a mão da mãe a guiar o giz, a Vera paralisou sob o riso desenfreado de cinquenta crianças. O pânico escorregou-lhe pelas pernas abaixo, seguido pelo seu choro de criança.

Aos Domingos, depois da celebração da missa, as famílias do Vale congregavam-se nas margens do rio Caima. Carregavam cestos repletos de broas de milho, garrafões de vinho, rojões e, para cortar a gordura, azeitonas bem curadas. Pais lançavam linhas de pesca e, sentados, banhavam-se ao sol. Mães espevitavam fogueiras e moscas, apressavam a lenha ao carvão, antecipando uma pesca esmerada. Os mais idosos, homens e mulheres, cortavam vimes que despontavam dos arbustos de cabeça alaranjada na orla do rio. Com molhos de vimes debaixo do braço, regressavam para se sentar às brasas onde os entrelaçavam e conversavam, conversavam e entrelaçavam. O diálogo entre os dedos e a voz era essencial para trazer à luz um cesto.

As crianças aventuravam-se ao rio esbatejando os seus magros braços e pernas, enquanto debaixo de água, trutas batiam as suas barbatanas de escamas, rio acima, escapando à turbulência das tardes de Domingo. Pais mimavam de atenção as crianças com competições para o salto em bomba mais estrondoso ao rio, fazendo toda a gente rir desenfreadamente. Vera contentava-se a arremessar pedrinhas da orla. Os olhos dela seguiam os anéis de água, a crescer no rio, eventualmente juntando-se às crianças que nadavam. Nos dias de mais coragem ela permitia o embalar de água na margem que lhe cobrisse os tornozelos e fingia ser uma aranha-de-água. As longas e acrobáticas pernas deslizavam na superfície do rio, deslizando para além das outras crianças. Da orla ela espiava o irmão, tal Tarzan, a atirar-se dramaticamente de um velho pneu de trator, suspenso por um gasto carvalho. Os seus géiseres de água direcionados para alagar Vera.

Um Domingo, o pai de Vera, enraivecido pelo reflexo da docilidade da sua filha na imagem dele próprio, colocou-a debaixo de um braço como um molhe de vimes e marchou pelas leiras de milho até à ponte de pedra. Atirou-a à corrente, vociferando, «O espírito de sobrevivência é a melhor cura!»

O corpo petrificado de Vera, tenso como uma pedra, entrou como um soco pela superfície do rio, e ela afundou-se dentro da água escura, uma escuridão familiar que lhe adormecia a carne. Os pés bateram no fundo de seixos e ela ressaltou, projetada de regresso à luz. Emergiu perante o tremor das faces em expectativa. Vera esbatejou os braços, mantendo a cabeça à tona até que o irmão chegou e a rebocou a terra.

Nos Domingos pelo fim da tarde havia a costumeira visita de Vera ao tio Virgílio. Dono de um cão muito como ele próprio. Xancas não ladrava até que estivesse debaixo do traseiro de Vera, o primeiro e derradeiro aviso antes das mandíbulas fecharem. Os queixos de Vera também se fecharam, mas não gritou. Nem deixou tombar nenhumas das maçãs que transportava no regaço do avental, já que o tio Virgílio tinha fama de ter mau génio, em especial quando as maçãs chegavam pisadas. Certo Domingo, a Vera colocou maçã após maçã na relva, e caindo de gatas, rosnou ao Xancas antes de se lançar em ataque pelo ar e enterrar os dentes no cachaço do cão. Este ato de coragem perdeu-se nas nuvens. Não existia testemunha para aplaudir o ato de resistência da Vera e encorajá-la a enfrentar o mundo.

Quando Vera se tornou adulta, o pai empregou as suas estratégias militares para lhe assegurar um marido.

Fingindo mostrar com vaiddade a beleza bucólica da região, trouxe a casa, jovens e promissores oficiais em vésperas de partirem para o ultramar. Indicava à distância as nascentes em cascata descendo pelas ravinas, exaltava a água cristalina que refletia o exuberante verde das ervas, folhas e musgos. «Verdejante e fecundo», disse. «Faz-te verde de inveja, ó lá lá».

Para jantar ele apresentou aos jovens oficiais delícias do Vale, queijo pastor e vinho verde.

«Vinho verde?» exclamaram duvidosos.

«Uma casta de vinho só encontrada na nossa região», assegurou o pai de Vera, «Requer menos paciência que um vinho de Borgonha. O de Borgonha necessita envelhecimento excessivo e amadurecimento em adegas sombrias».

Eles concordavam com um aceno da cabeça e ele continuou, «Estas uvas são apanhadas verdes, pouco álcool. Não fazem mal a uma mosca». Os jovens oficiais levantaram o copo aos lábios, beberam, a perscrutar a Vera e a apreciar o surpreendente e leve ardor pela língua.

A princípio soava como o rugido de uma tempestade distante. Depois soava como o fim do mundo. O ronronar dos motores roçou o telhado da casa dela. As paredes de pedra estremeceram. Vera saiu apressada, ainda a tempo de ver a mão dele a acenar e uma margarida em rodopio arrastada pelo vento.

Ele voou em círculos de obséquio amoroso com as suas asas de prata polida, mostrando as cores vermelha e verde da nação, e partiu com uma dramática pirueta em direção ao pôr do sol. Como poderia ela dizer que não ao melhor amigo de seu irmão, homem de tão boa índole e educação, vindo a tais distâncias para a impressionar? Após o rugido ensurdecedor se dissipar, ela abriu o envelope atado à broa caída no quintal, «De partida para África, hoje mesmo. Casa comigo por procuração». Vera desmaiou. Que poderia ela dizer depois do povo ter saído à rua para o aplaudir, invejando a sorte dela, e o sinal afirmativo de aprovação do pai com a cabeça, «A vida militar nunca produziu nada que não fosse do melhor cáráter». O orgulhoso e enchido peito do pai era a prova real do facto.

Vera era rebocada pelo corredor do altar abaixo, braço enlaçado ao do pai. O pai não iria afastar-se a meio caminho do altar, não haveria um noivo para rasgar o aperto do braço do pai. O noivo estava na praia a bronzear-se na costa ocidental africana. Vera insistiu consigo própria que tudo estava bem, o Papa tinha assinado a certidão de pergaminho que ela agarrava afincadamente na mão livre. Tentou afixar o sorriso do futuro marido na face do pai, mas ela já se esquecera da face dele e não podia sacudir a realidade de que seria a voz do pai que diria, «Aceito».

Vera parou a meio caminho do seu percurso para o altar. Os sinos badalavam e o órgão seduzia-a a continuar. Os olhos seguiam a trajetória em cruz de uma mosca a caminhar pelo véu. Ouviu o zumbir de outras moscas em redor dos ouvidos.

Vera lembrava-se da sua mão de criança tentando capturar as criaturas zumbidoras a banquetearem-se nas migalhas da mesa da cozinha. Nada iludia os olhos rotativos e atentos das moscas ao escaparem-se para o parapeito da janela, esfregando as mãos, gozando com as tentativas de captura da Vera. Em desespero, Vera saía a correr de casa e escondia-se na casota do cão. Um dia adormeceu e não se apercebeu de Bruno, o enorme São Bernardo, a galopar na sua direção. Vera viu-se encurralada dentro da casota do cão, asfixiada numa nuvem de pelo. Uma multidão de dois corpos. Gritou. Ecoou dentro da cabeça, nunca encontrando uma saída através do labirinto de pelos que lhe enchiam a garganta.

Os sinos pararam de tocar, as notas do órgão permaneciam suspensas no ar. Vera, de pé, encontrava-se paralisada, a meio caminho do altar. O zumbido das vozes sussurrando nos bancos da igreja subia em crescendo. Com um movimento rápido da mão Vera apanhou a mosca que caminhava em cruz pelo véu. Encurralando a mosca entre o polegar e o anelar, arrancou primeiro uma asa, depois a restante. A mosca saltava na palma da mão. Vera questionava que tipo de vida poderia a mosca antecipar agora.

Durante a contemplação de Vera o pai beliscou-lhe o braço. A dor aguda impulsionou-a pelo corredor do altar, passando a indistinta multidão de faces em expectativa, até chegar ao Padre Lucas e ao par de anéis de ouro que a esperavam.

PEDRAS
PARIDEIRAS

Francisco guiava a aldeia que o seguia por campos de milho, montes, atravessando ribeiros, para indicar ao povo estupefacto o berço das pedras parideiras. Os corpulentos pedregulhos, descobertos e batizados por Francisco com o nome de pedras-mãe, encobriam a crista do cume e ao longe pareciam indistinguíveis de qualquer outro campo de pedras no cabeço da Serra da Senhora da Freita.

Nesse Domingo, a excitação era tal que a missa fora cantada pelo caminho enquanto marchavam sob o nascer do sol raiante. Um rosário de povo seguira Francisco lembrando-lhe o seu próprio rebanho de cabras, não fora as preces que ecoavam das escarpas. Preces mais estridentes que os costumeiros chocalhos dos caprinos.

Desde criança que Francisco passava a serrania a pente fino. A princípio, acompanhando os primos com os seus rebanhos de ovelhas, mais tarde, só por si e com as suas cabras, apesar do seu pavor às descargas elétricas do céu.

Trepava aos cumes da serrania em alto verão, cumes tão familiares como os nós das mãos e ocupava os dias na pastagem a tocar pífaro, imitando o vento, melros ou qualquer criatura da sua estima. À noite, incorporava-se ao rebanho na sua cama de tojo, aconchegando o seu sono entre os corpos de lã.

«As pedras-mãe vão dando à luz desde a alvorada do mundo», Francisco informou os aldeãos que o rodeavam. «Lembrem-se que têm os pés sobre o berço da terra».

Assim que cada homem, mulher e criança satisfez a urgente curiosidade de uma boa olhada às pedras, dispersaram-se para o almoço. Florindo Ramos e os aldeãos mais reverentes, temendo os poderes atribuídos às grandiosas pedras, distanciaram-se, fazendo o seu piquenique numa clareira mais afastada, e á distância de uma cuspidela de azeitona do ribeiro. Ti Clemente e os mais ousados, colocaram toalhas de mesa sobre os pedregulhos, improvisando mesas para o requeijão, a broa e o vinho.

Depois do repasto, as crianças seduzidas pelas camadas de sedimentação, a lembrar escamas de ouro, apressaram-se a colecionar as pedras-bebé em forma de mexilhões. Ao colo das pedras-mãe as crianças detetavam mossas, depressões parecendo bolsos de onde as pedras paridas saltaram para a vida. As perplexas crianças esforçaram-se para devolver as pedras-bebé ao regaço das pedras-mãe. As crianças entretiveram-se pelo resto do dia cativadas pela tarefa e quando o sol murchasse, nesse fim de tarde, teriam que ser afastadas, lavadas em lágrimas.

Encostado a uma pedra-mãe, a marcar cadência com o pé, Francisco tocava pífaro. Sorria para o seu cão que diligentemente abanava a cauda ao sabor da melodia. Pelo canto do olho Francisco observava os homens da aldeia a afastarem-se da algazarra das crianças, vagueando em direção a outro afloramento de pedregulhos. Rodeavam as pedras, mãos nos bolsos, dando-lhes pequenos pontapés de curiosidade. O Correia auscultava as pedras com o seu estetoscópio, desejando ajudar a despachar o nascimento, «Está-se mesmo a ver que só precisa de um empurrãozito», disse o Correia, restituindo o estetoscópio ao bolso. Discussões animadas seguiram-se. Os homens esperavam ansiosamente que as pedras-bebé se ejetassem dos ventres. Sonhavam em as apanhar em voo, «Dá mais sorte se não tocarem no chão», disse o presidente da Câmara Tadeu Ressaca. Depois de algum tempo, Ti Clarissa e as outras mulheres, cansadas das crianças constantemente aos calcanhares, aproximaram-se dos homens e apreciavam a situação de braços cruzados sobre o peito.

«Deixem-nas em paz. Elas sempre lá se desenrascaram sem a vossa ajuda», disse com olhar severo, Ti Clarissa ao seu marido Ti Clemente. Os homens não lhe prestaram atenção. Ela traçou leves carícias sobre os perfis das cabeças das pedras-bebé e pegando numa, encostou-a ao peito.

Esfregando as mãos calejadas, Ti Clemente arranjou por fim coragem para trepar ao colo de uma pedra-mãe. Ouviu-se um longo assobio de espanto. Os outros homens juntaram-se-lhe de imediato.

Do regaço das pedras-mãe o panorama alargava-se para além das copas da serrania e por um instante os homens acreditaram que era possível tocar no mar da Baía da Boca do Inferno, a poente, e Viseu, a nascente. As duas situadas a um dia de distância a pé.

«É a verdade pura quando dizem que o desejo dos olhos viaja mais lesto que o querer do coração. O coração tem de carregar com a carne, os ossos e o resto do corpo», disse o Professor Manecas e toda a gente concordou.

126

«É um cheirinho de paraíso aqui arriba. Isto é que é nascer com uma vista!» pronunciou-se Padre Lucas, levantando a cruz de oiro ao peito e oferecendo uma bênção panorâmica.

«Não há nada de vulgar aqui», concordou Correia, colocando a mão no ombro de Padre Lucas.

«Pedras sortudas. Não como a gente, nascidos na cova do vale, onde o nevoeiro e a chuva pesam nos ossos e nos obrigam a galgar os montes para chegar a qualquer lado de jeito», queixou-se Ti Clemente, cuspindo uma boca repleta de tabaco mascado.

«Lugares sagrados sempre foram mais soalheiros», lembrava Padre Lucas.

Toda a gente abanou a cabeça de acordo.

«Estas sortudas», interveio o Presidente da Câmara, Tadeu Ressaca, indicando as pedras parideiras debaixo dos pés, «nascidas com uma vista de oiro, só precisam de rolar pela encosta abaixo e para dentro do ribeiro para viajar e povoar o vasto mundo».

«Nasceram num berço doiro, foi o que foi», concluiu Ti Clemente.

O cair do sol tingia o cume da serrania, Francisco protegia os olhos e inclinando o odre, bebeu um gole de água, mantendo os ouvidos atentos à conversa.

Ferreira, lançando o olhar às pedras que refletiam rios de sol, raciocinou que as pedras-bebé seguramente continham sementes de oiro, «A riqueza do mundo de certo que estará enterrada nas entranhas das pedras-bebé».

«Sem dúvida muito mais perto do Reino de Deus aqui arriba», Padre Lucas insistia.

As palavras do Padre perderam-se no meio da excitação da populaça que se acercava do Ferreira para mais facilmente escutar o que dizia. Quim, até ali distraído, contando lebres a saltitar pela encosta, sonhando com aumentos no preço das peles, finalmente arrebitou as orelhas ao ouvir menção de oiro.

«Então se é verdade que estas são as sementes do mundo, e se é verdade que o mundo nasceu aqui, conclui-se que todas as riquezas da terra se encontram na palma da minha mão», Quim deduziu, atirando uma pedra-bebé ao ar como se fosse uma moeda. «Vou levar meia dúzia para casa», acrescentou. Isto levantou um murmurinho de consternação entre os aldeãos mais reverentes.

Contudo não demorou muito até que as pessoas se acostumassem à ideia e Ti Clemente sugerisse, «E se trouxéssemos as pedras-bebé até à aldeia para as plantar no campo? Não demorará muito para amadurecerem e arrecadar uma grande colheita de ouro». Ti Clemente exclamou e excitado pela perspetiva da providência divina o libertar da escravatura da enxada.

«Nesta hora de boa fortuna, lembremo-nos do Senhor que nunca nos abandonou», Padre Lucas ouviu-se a balbuciar.

As pessoas juraram manter segredo e juntaram as suas pertenças antes de marcharem pela encosta abaixo com uma pedra em cada bolso.

Apesar de passarem o dia pasmados a olhar para as pedras-mãe, os resignados aldeãos partiram sem a boa fortuna de testemunharem o parir milagroso das pedras.

«Pedras acanhadas», disse Ti Clarissa, lançando um último olhar aos pedregulhos. «Com uma aldeia inteira pasmada a olhar para as vossas barrigas, eu cá faria o mesmo», concluiu, desaparecendo pela encosta abaixo.

Sentado na crista do monte que rodeava a aldeia, Francisco observava que as pedras-bebé não estavam a corresponder às expectativas e, exceto no que dizia respeito à proliferação de ervas daninhas, os campos mostravam-se indiferentes às sementes de pedra. Os aldeãos não desejando incomodar as pedras da sua tarefa dourada, e contando fielmente na rica dádiva, acompanhavam a agonia das colheitas. Os aldeãos lembravam-se das palavras do Quim, «Dinheiro germina na esperteza da mioleira», e o nervosismo cresceu.

Dizia-se que seria necessário esperar muito mais tempo para as pedras amadurecerem e produzir algo digno de seu peso.

«Afinal de contas o mundo não foi criado num dia», lembrou Padre Lucas e os aldeãos concordaram, reconhecendo a sensata ressonância de palavras tão costumeiras.

O inverno estava à porta e os celeiros guardavam mais ar que milho. Quim reuniu toda a gente no largo da aldeia e declarou a necessidade de transportar as pedras-mãe para a aldeia, onde eles possuíam as ferramentas para extrair as riquezas escondidas. Só então poderiam abrir as portas matinais de casa ao encontro de uma radiante colheita de ouro. Os aldeãos juntaram mãos para trazer uma pedra-mãe até à aldeia. Todos os capazes foram recrutados. Uma vez mais a aldeia seguiu o Francisco pelos montes acima. Rolaram a primeira pedra parideira pela encosta abaixo na convicção que esta técnica exigisse menos esforço. Todavia, presenciaram o pedregulho a desaparecer pelo desfiladeiro e a esmagar-se num estrondo. Os caprinos de Francisco dispersaram-se. Francisco e o seu cão passaram o resto do dia a congregar o rebanho enquanto que os desencorajados aldeãos regressaram a casa. Quim sugeriu transferir a aldeia para o topo da serra. Ti Clemente e outros mais idosos resolutamente recusaram, fincando os seus argumentos, e teimosos pés, no chão da história do vale. Gil e outros mais novos, impacientes por uma mudança de ares fizeram as trouxas e foram-se.

Francisco continuava a pastorear o seu rebanho na serra enquanto que a aldeia discutia os prós e os contra de uma mudança. Notícias alcançaram as aldeias vizinhas. Os aldeãos não contiveram o sigilo das palavras, necessitando de dar asas às notícias, de compartilhar a solidão de uma descoberta. A princípio só o povo da Baía da Boca do Inferno e Viseu vieram apreciar os acontecimentos. Mas em breve, povo, a dias e dias de viagem, chegou para ver as pedras com os seus próprios olhos. A maioria não resistia a embolsar uma memória palpável da peregrinação.

A princípio Francisco não se importunava com a presença anómala de viajantes curiosos trazendo-lhe histórias longínquas, novas palavras, outras vidas. Mas o ocasional viajante rapidamente se adensou num fluxo de excursões e afogou-lhe o silêncio. Cada vez mais o povo exigia história e mais história sobre a descoberta das pedras parideiras.

«Se não levo lembrança, a minha gente ainda vai duvidar que eu pus os pés onde o mundo começou», justificavam os peregrinos.

Francisco, o entristecido guardião do tesouro da aldeia, presenciava os acontecimentos e ele caiu em silêncio.

Chegou um repórter. Acampou entre o rebanho do Francisco, tratando de entrevistar toda a gente e, enquanto o mundo se encontrava em suspenso pelo ténue fio da curiosidade, ele indagava sobre histórias extraordinárias. O povo, encorajado a revelar o absurdo, competia pelo preto e branco das suas gloriosas caras a decorar as páginas matinais. Peregrinos e aldeãos declaravam-se testemunhas de qualquer tipo de acontecimentos milagrosos.

«Diabos me levem se eu não estava a passear as pontas dos dedos sobre o ventre duma pedra parideira quando de repente me esguichou com uma pedra-bebé num olho», proclamou, de pala no olho, Ti António, da Baía da Boca do Inferno. Recuperara a visão no olho oposto, dizia ele, e prometia regressar anualmente para honrar os poderes curativos das pedras parideiras.

Padre Lucas jurava pela sua fé cristã que as pedras só nasciam no apogeu do dia quando o sol brilhava alto e fogoso, as pedras-mãe explodindo com o calor insuportável. Se bem que Ti Clarissa jurasse a pés juntos que as pedras nunca eram paridas durante o calor do dia mas simplesmente resvalassem impercetivelmente, sem fanfarra, e debaixo do oculto manto da noite.

Em breve, os poderes divinos das pedras abrangiam remédios para sofrimentos diversos. Padre Lucas, ajudado por gente mais dada à religião, erigiu uma capela ao redor da aglomeração das pedras-mãe. Os pedregulhos serviram de altares natos onde velas perpétuas iluminavam as esperanças dos peregrinos. A sua fé otimista acendia-se na memória de histórias milagrosas que garantiam que as pedras já haviam tocado crentes passados com os seus poderes curativos. Ajoelhado, o povo rezava para que a Graça Divina os bafejasse em breve, crendo que fosse simplesmente uma questão de tempo e perseverança até que as suas preces fossem ouvidas. O mundo tinha uma interminável lista de súplicas.

A procura de pedras multiplicou-se. Construíram-se estradas para acomodar o trânsito e ergueram-se tabernas para alimentar os famintos. Como de um cordão se tratasse, a aldeia expandiu-se ao longo da estrada e até ao cume da serra. Muitos aldeãos e recém-chegados estabeleceram-se ao longo da berma. Explosões de dinamite estoiraram com a paz na serra, os impacientes, acelerando a remoção das pedras. A própria tranquilidade do Francisco desapareceu logo que ele se viu incapaz de ouvir o pífaro sobrepor-se às trovoadas de dinamite. Mesmo o silêncio de Domingo, até ali sagrado, foi rompido pelo constante cinzel de pedreiros de fim de semana, a fustigar a pedra, sendo mais pobres, todavia não se deixando ultrapassar na corrida por uma lembrança de monta. Passou a ser moda para o Senhor Mário e outros Senhores mandar esculpir pedras-mãe. As suas mansões embelezadas com um talismã de prosperidade. A cabeça da serra depressa se tornou numa concorrida pedreira, ombro a ombro com as mais movimentadas da nação.

O nervoso rebanho de Francisco diminuía, diariamente sacrificado às garras do trânsito. Os caprinos, cada vez mais suicidas, subiam à crista da serra, e saltavam das escarpas. Francisco contou mais cabeças de gado perdidas com a balbúrdia na serra do que com o apetite de três gerações de lobos a caçar.

Em busca de pastagens decentes, Francisco viu-se forçado a deslocar o seu rebanho para mais longe. Mesmo as escassas manchas verdejantes por entre as linhas cruzadas das estradas de paralelos foram espezinhadas. Ele apercebeu-se que nem mesmo as pedras milagrosas poderiam encher a barriga e saciar a fome do gado.

A quantidade de povo agora amontoada na serra intensificou-se em conflitos. Padre Lucas e os inflexíveis crentes nas características divinas da serra acusavam Quim e os mineiros, de só por cobiça, violar as riquezas. Os mineiros jurando pela Bíblia mas também pelas suas picaretas, anunciaram que a terra tinha sido criada por Deus para dela se extrair as suas ocultas riquezas. Outros homens, vestidos de batas brancas, acusavam ambas as fações de destruírem as evidências que um dia levariam a resolver os mistérios do mundo.

Consequentemente, o Presidente da Câmara Tadeu Ressaca, com uma eleição à porta e a pressão de um défice resultante de compensações generosas para consigo próprio, interveio para arbitrar as encolerizadas fações. Inspecionou a serra e depois de ouvir os pontos de vista, prestando atenção especial aos que doaram os porcos mais rechonchudos e o vinho mais vivo, decidiu que cada ponto de vista era legítimo e resolveu a contenda justamente. Cada fação recebeu uma fatia proporcional e toda a gente passou a pagar mais impostos.

A decisão do Presidente da Câmara Tadeu Ressaca parecia ter resolvido o conflito até que um dia os mineiros esgotaram a sua fatia da serra e contemplavam invejosamente as pedras parideiras dos homens de bata branca, preguiçosamente refasteladas nas terras do Estado. Os encolerizados mineiros marcharam para a Câmara Municipal exigindo justiça, gritando igualdade, o direito ao trabalho e a ganhar a vida, porque andar à picareta era tudo o que lhes fora ensinado e o que sabiam fazer. Nas mãos brandiam as mesmas picaretas que os seus antepassados também teriam carregado aos ombros para construir a nação.

«Isto são só pedras, por amor de Deus», gritava Quim, o líder. Era injusto, insistia Quim, que dois homens de batas brancas e os peregrinos monopolizassem uma riqueza que pertencia à nação inteira. O suor dos mineiros produzia mais riqueza à nação do que os das batas brancas, um óbvio fardo nacional, vivendo à custa dos suados impostos dos mineiros e com o dúbio objetivo de andarem pasmados à volta das pedras, elaborando conjeturas em linguagem indecifrável.

Em vésperas de outra eleição, o Presidente da Câmara, Tadeu Ressaca, escutava-os com inusitada atenção e, agradecendo os presuntos e o vinho, argumentou igualdade democrática, dividindo de novo as restantes pedras-mãe proporcionalmente.

Tendo migrado com os caprinos para a serrania vizinha, mais para o interior, Francisco descansava ao crepúsculo, contemplando a iluminada serra das pedras parideiras e que a seu olhos se assemelhava a uma faísca gigante. Caindo a noite, a serra explodiu num fogo de luz que Francisco receava vir a incendiar a serra e a reduzi-la a carvão. A cintilação ofuscava as estrelas mais cintilantes e até o cão, confundido pelo brilho intenso, uivava todas as noites. Francisco tinha dificuldade em adormecer e uma noite decidiu investigar a condição do berço do mundo.

No novo burgo, Francisco espreitava para o interior de uma loja onde estatuetas de mineiros em miniatura, empurravam carrinhos de mão montados em suportes de veludo. Outra loja exibia rosários desmedidos, feitos com contas de pedras-bebé. Todas as lojas vendiam postais idênticos mostrando a prístina serra de tempos idos. Memórias à venda, disse Francisco ao seu cão e aos seus caprinos que o seguiam no passeio.

Francisco deambulou pelas ruas, passando uma taberna a tresandar a vómito onde reconheceu Quim a enxotar Manecas, o último cliente, antes de lhe bater com a porta na cara bêbada. Cruzou-se com Ti Clemente, a empurrar montes de detritos, de olhar cabisbaixo, plantado no lixo ondulante. Não avistou as habituais lebres a saltitar no que seria dantes a encosta. Em vez disso vislumbrou uma correria de ratos a mergulhar para dentro das sarjetas, fugindo a cães vadios. As pegas, empoleiradas nos baldões do lixo, dormitavam. Os caprinos de Francisco, seduzidos pelas montanhas de lixo salgado e gorduroso, recusavam-se a mexer. Ele assobiou ao cão para apertar os caprinos e obrigá-los a prosseguir.

Francisco preocupava-se que o mundo parasse de crescer e de se renovar. Perguntava a si mesmo quanto tempo demoraria até que a serra, o mundo se desmoronasse de velhice e as esquecidas migalhas das pedras parideiras uma vez mais germinassem.

Nessa noite, Francisco adormeceu encostado à vitrina de segurança colocada sobre a última pedra-mãe. Ele sonhou que a debilitada serra, de ossos enfraquecidos, dobrou os joelhos e se desmoronou num estrondo ensurdecedor, um deslize abrupto que enterrou tudo, enquanto ele, montado no cume, resvalava às costas da serra com os inquietos caprinos ao colo.

DE MADURO

Prudêncio Casmurro não era um homem qualquer. Enterrou os pais, sete mulheres e o último de vinte e dois filhos, revelando sempre pouca ânsia em partir deste mundo.

Testemunhou carros de bois a serem substituídos por tratores e tratores a serem substituídos por ceifeiras monstras. Do quarto, espreitava sobre o muro do quintal, espreitava esse mundo que rodopiava cada vez mais vertiginosamente, o mundo que brilhava e rangia os dentes com mais ferocidade, e essa imensa cintilação dificultando-lhe a diferenciação entre a noite e o dia. Com teimosia de burro prosseguia com a sua vida. Era como se fossem ventos passageiros a bater-lhe à janela e aos quais ele lhes fechava as cortinas ao fim do dia.

Prudêncio acordava com os primeiros raios da manhã e encaminhava-se para a varanda a espreguiçar os braços quer ao sol ou à chuva que dominasse o dia. Cumprimentava um ou outro com o seu idêntico assobio e jovial exclamação, «Outro esplêndido dia no nosso vale!» De camisa de noite e touca, prosseguia de pés descalços para o quintal e colhia a fruta da época. Dióspiros pelo esfriar do outono, cerejas pelo corar da primavera.

Prudêncio saboreava cada mordiscada e mastigava com lazer a fruta cultivada no solo aromático. Após cada dentada detinha-se, pensativo, venerando tudo que de visível e invisível lhe trouxera o sustento ao corpo. Pendia a cabeça, fazendo a vénia ao mundo, antes de prosseguir com o próximo pedaço de fruta.

Nada comia que não fosse amadurecido da terra do seu quintal, exceto no casamento de trinetos, quando permitia no seu corpo maçãs e feijões de casta rara, cultivados por mãos de confiança.

Sentado na varanda de pedra, a mastigar o pequeno-almoço, Prudêncio escutava o canto dos melros e seguia o zunir das abelhas a labutar — bebendo do canteiro de camomila. Prudêncio não criava animais. Preferia seres fogosos, chegando ou partindo de vontade própria. Para atrair borboletas, plantou dente-de-leão e serralha num recanto do quintal. Escavou um charco onde rãs estabeleceram território e onde patos bravos regressavam, geração após geração, para fazer ninho. Prudêncio apreciava os momentos cândidos duma borboleta a pousar no peito, asas a abrir e a fechar em sintonia com o bater do coração ou de uma rã saltando do fundo dos degraus da varanda para o regaço.

Prudêncio não era um homem supersticioso, no entanto existia uma realidade neste mundo para a qual não evidenciava tolerância — relógios de caixa. Prudêncio nascera quando os relógios eram do tamanho de caixões, ao alto, em lugares de predominante exibição. Um pêndulo dourado dançava de lado para lado no ventre, a hipnotizar a aglomeração dos vizinhos.

O pai de Prudêncio carregou às costas, para casa, a compra orgulhosa, não querendo ficar atrás do Ti Celestino que vivia ao fim da calçada. O pai colocou o relógio de caixa ao cimo das escadas e encostado à parede do quarto de Prudêncio. O sino estridente, assinalando cada hora, ecoava na cabeça de Prudêncio, estilhaçando-lhe os sonhos, arrepiando-lhe os ossos. Todas as noites, Prudêncio levantava-se do leito para silenciar o pêndulo. Mas pela manhã, o pai já tinha o pêndulo em sólido badalo.

Até que uma noite, Prudêncio atirou ao poço a chave de dar à corda. O pai, já perplexo pelas constantes manhãs caladas, e não encontrando a chave, convenceu-se que o relógio estava amaldiçoado. Atirou os braços para o ar, renunciando à chave maldita. O relógio descansou numa esquina solitária durante a mocidade do Prudêncio, emudecido a um minuto da meia-noite.

«Eu vou seguir os ritmos da natureza. Nenhuma estúpida invenção humana para medir o tempo me vai servir», jurou Prudêncio.

Prudêncio fora informado que com o passar das décadas, os relógios tinham encolhido a tal tamanho que uma pessoa os poderia passar por um buraco de agulha.

«Esses larápios do tempo propagam-se mais facilmente do que ratos e roubam o requeijão da nossa existência». Prudêncio teve um acesso de cólera quando soube que não existia objeto algum que não incorporasse um mostrador de hora, mês e ano, e que a maioria das pessoas acorrentavam os pulsos aos relógios. Prudêncio abanava a cabeça desaprovadoramente. Não compreendia como de livre vontade alguém se algemasse ao correr do tempo.

«Não seja teimoso pai», Gil, filho mais velho, troçara. «Mudança é a única constante humana. Adaptar-se à mudança é o nosso espírito de sobrevivência. Pergunte ao Darwin. Você segue o caminho dos dinossauros».

O filho de Prudêncio morreu nos seus trinta. Foi para a sepultura adornado com um aparato de apetrechos eletrónicos, como se pertencesse a uma tribo exótica. Televisão, telefone, caneta-relógio, walkman. Gil fora seduzido por magias eletrónicas. Aos Domingos, depois da pequenada se encontrar de regresso da sua obediente ida à missa — Prudêncio recusara-se a ir desde o dia em que o padre colocou um relógio de torre — Gil saltava para um autocarro rumo à cidade e deambulava as ruas, a ver montras de novidades eletrónicas. Gil sonhava com as engenhocas que daria a si próprio no próximo aniversário e que esconderia na casa do vizinho. Nenhum mostrador de tempo era permitido para lá dos muros do pai.

Prudêncio recusava-se a comemorar os seus aniversários. «Se não sabes a tua idade o corpo nunca saberá quando chega a hora de partir. Vai andando às voltas com as estações».

Nenhum dos vinte e dois falecidos filhos ou dos treze trinetos ainda vivos, o convencera a ir a festas de aniversário — deles ou de si próprio. «Um princípio é um princípio. Se não te fincas por um princípio — e por pessoas claro — pelo que se irá uma pessoa fincar?»

Os trinetos especulavam que Prudêncio Casmurro andava pelo mundo à volta de dois ou três séculos. A barba cor-de-nabo dependurava-se até aos joelhos e o cabelo enrestiava-se até aos tornozelos como uma trança de alho. Rejeitava consultas médicas, recusava comerciantes desejosos de promover cremes faciais que asseguravam limpar os anos da cara ou as vitaminas que aumentavam o vigor do corpo. «Amanhar o quintal, ajoelhar-se às ervas daninhas, levantando e carregando com cestos de hortaliça, é o vigor que o corpo precisa».

Prudêncio Casmurro tornou-se numa atração turística. «O homem mais velho do mundo mora aqui», um letreiro proclamava. Autocarros de turistas paravam-lhe ao portão, tiravam a fotografia obrigatória, do colorido e engraçado letreiro, «Jesus mora aqui», e «Víboras e Maçãs também», desaparecendo precipitadamente para a próxima escala na fábrica de papel. Os roteiros mais dispendiosos, de helicópteros, sobrevoavam o telhado de Prudêncio, esforçando-se por fotografar a sua ilusória presença.

Tão previsivelmente como os ritmos da natureza, Prudêncio contava com as épocas de indignação da aldeia, agora alastrada a metrópole. Boatos dos seus pactos com o diabo abundavam e tentavam explicar a sua longevidade. Com o passar do tempo, e com o isolamento, Prudêncio não encontrava alma com quem partilhar as suas memórias. Amigos de outrora já haviam partido, deixando-o com o peso das histórias, da memória. Nas noites quentes de verão, agarrava a concertina e cantava os enredos da vida para o coro de rãs que o acompanhava debaixo das ramadas da vinha. Prudêncio tinha saudades dos avós sentados no tear, a tecer enredos de um tempo ido, tempos cheios de mistérios e interrogações.

Passara-se uma eternidade desde que Prudêncio casara pela última vez. Sentia-se mais e mais alienado do mundo e via menos e menos os seus envelhecidos trinetos, todos demasiado enfraquecidos para o visitar de seu próprio pé, a residir em arranha-céus onde a ninguém era permitido sair sem acompanhamento ou autorização.

O quintal continuava a ser a sua paixão. O quintal que o arreigava ao mundo, carecendo ainda das suas mãos, do seu contacto, para perdurar.

Prudêncio acabou por reconhecer que não poderia evitar a flecha do tempo, o movimento implacável das vidas e dos seus desejos. O rugir urbano, penetrava-o mais profundamente que um uivo de monstros loucos. A cidade agigantava-se. Prédios de vidro trepavam ao céu e perscrutavam Prudêncio, acercando-se como predadores. Prudêncio não se sentia à vontade, ao sol, a esfregar as costas — no morangal, de molho na sua selha de carvalho — mordiscando a doce fruta. A fatia azul do céu encolhia-se até que já não era azul, mas um cinzento perpétuo. Cada vez menos pássaros regressavam com a primavera para assobiar as suas árias na frescura do pomar. O fedor da fábrica de papel saltava o muro e as delicadas cerejeiras cessaram de florir. As ameixas douradas, a embelezar a coroa da árvore, mostravam queimaduras inexplicáveis na delicada pele, algumas cicatrizes enterravam-se até ao caroço. A água do poço sabia mal. Um tossir malévolo sediou-se no peito.

A vida de Prudêncio já não conseguia fechar as cortinas ao mundo exterior. No refúgio da cama, o roncar dos aviões a estremecer as paredes, a abanar a coleção de cristais da falecida mãe e a descascar o estuque, acordava-o de sobressalto. Prudêncio só encontrava descanso ao encher os ouvidos de algodão. Mas o pandemónio aumentou de frequência e intensidade, até que nem o enterrar da cabeça sob a almofada lhe oferecia sossego. Construiu uma caixa almofadada e à prova de som onde encontrou repouso e guarida da trepidação e chinfrim do mundo. À noite, deitava-se na caixa e fechava a tampa. A vida retraía-se, enterrando-se como uma toupeira. Deitava-se no caixão ao morrer do dia, na procura de sossego, e levantava-se pela manhã para se confirmar ao espelho — regos do rosto a afundarem-se velozmente, olhos a esvaziar o brilho. Embaciados. Fantasmagóricos.

A balançar na cama de rede, seguindo com o olhar o bater tão apressado de asas de um beija-flor, que até parecia permanecer estático, Prudêncio chegou a uma conclusão. Dirigiu-se ao portão e abriu os cadeados ao mundo. Aos transeuntes que não fugiram de susto ofereceu-lhes morangos acabados de colher e convidou-os a entrar. Mostrou-lhes as minhocas e os pássaros, o charco e o pomar. Eles escutavam com atenção os carrilhões ao vento, baloiçados nos ramos, a murmurar na brisa. Após meses de visitantes, alguns demoravam-se, ajudando-o na monda, levando de recompensa para casa ou para amigos, um pêssego ou uma ameixa. Alguns regressavam ao fim da tarde para escutar as histórias de Prudêncio. Um mundo tão estranho como a História do Mundo, povoado de proezas, tristezas e sonhos.

Com o romper da manhã, crianças batiam-lhe à porta e enchiam o quintal com jogos de escondidas e da macaca. Ninhos de pássaros e casas de brincar aconchegavam-se nos ramos. Pintores montavam cavaletes e pintavam abelhas a trabalhar no regaço das flores de camomila.

O quintal prosperou. Nunca existia escassez de ajuda. Nos fim de semana as pessoas faziam piqueniques, abrigadas do cinzento pelas árvores de fruto. Dos pássaros e das pessoas desabrocharam canções, calando o rugido da cidade. Prudêncio nunca mais cantou só.

Por toda a cidade vasos de camomila surgiram a sorrir de parapeito em parapeito. Chuviscos de verdura cresceram das rachas dos passeios e o betão foi levantado para dar lugar a pequenos arroteamentos. Um ar mais perfumado infiltrou a cidade.

Numa rara noite estrelada, Prudêncio desejou as boas noites a um grupo de leal visitantes que já se encontravam acampados no pomar há uma quinzena, estudando morcegos a banquetear-se nas nêsperas. Deitou-se na cama de rede, dependurada entre um limoeiro e um pessegueiro. Prudêncio inspecionou o quintal, escutando o silvo rítmico das asas dos morcegos a colher nuvens de insetos; insetos frenéticos que festejavam o fim de mais um dia de polinização. Prudêncio apreciava o sussurro de felicidade no quintal sorridente e repleto de cor.

Uma coruja escutava as sombras dançantes. Rãs coaxavam sem repouso em fundo musical. As colheitas abundantes sustentavam as inúmeras mãos trabalhadoras. A tarefa de Prudêncio estava concluída. Fechou os olhos e resolveu partir.

A suave brisa matinal encontrou Prudêncio na cama de rede, agasalhado sob uma manta de borboletas. As borboletas batiam asas. A cama de rede embalava-o. Cardeais, empoleirados na corda da cama, cantavam. Rompendo o encoberto dia, um raio de luz envolveu o corpo do Prudêncio em oiro. Mesmo à luz do dia as rãs coaxavam um réquiem solene. Girassóis, afavelmente, giravam as cabeças e faziam vénia. Uma chuva de pétalas de amendoeira pairava no céu. A manhã chegara para saudar Prudêncio Casmurro antes do seu retorno à terra.

Agradecimentos:

A criação de um livro não é fruto das mãos de uma só pessoa, assim como o fruto de uma árvore não é o produto das mãos que o cultiva. O corpo histórico de escritores, livros e palavras que me antecedem são a base fértil e nutritiva que estimula o futuro. Deve existir água, asas polinizadoras, e uma vida abundante de bactérias invisíveis ao olho humano, para fazer crescer um livro até à sua plena fruição. A minha gratidão vai para os aqui nomeados e os sem nome, que de maneira óbvia ou subtil contribuíram para este livro agora na vossa mão. Estes sem nome também incluem as minhocas, a floresta e o lenhador.

Estou em dívida para com a minha comunidade de escritores que generosamente deu do seu tempo e cuja experiência editorial ajudou estes contos a crescerem: David Albahari, Darlene Barry, Ven Begamudré, Ashis Gupta, Richard Harrison, Larissa Lai, Shirlee Matheson, George Melnyk, Rosemary Nixon , Peter Oliva, Richard Therrien e DM Thomas.

Agradeço ao Jim Prager e à Lucy Nissen pela perseverança editorial ao correr dos anos. Estou particularmente grato à Lucy pela revisão atenta deste manuscrito.

Obrigado à minha família imediata e alargada, todos vós contadores de histórias natos e arquivista orais de gerações e gerações de histórias de família, histórias que nutriram em mim este prazer de ouvinte. Essa vivência estimulou a minha aptidão de contador e permitiu agora dar asas à minha imaginação e, eventualmente, amadurecer a arte de escritor neste livro.

Um agradecimento profundo à Erin Hart pelo seu inalienável apoio e generosidade, muito para lá das fronteiras deste livro. Obrigado também ao Galen Bullard pela amizade e pela sua atenção aos detalhes, e para a Athena Dorey, que viu tudo isto começar. Nesta versão portuguesa gostaria de adicionar o meu agradecimento ao João Paulo Ribeiro e ao José Fernandes pela estimada colaboração.

Um sincero agradecimento aos amigos que me incentivaram a prosseguir neste meu trilho literário. Existem muitos de vós para eu vos citar individualmente. Vocês sabem quem são.

A versão original deste livro foi dedicada aos meus amigos e familiares de ontem, hoje e amanhã. O amanhã entretanto chegou e esta versão portuguesa é dedicada aos dois sóis da minha galáxia, Heather e Koah Skye, que já partilham a minha primeira Língua.

Alguns destes contos foram transmitidos pela Rádio Nacional do Canadá CBC, ou publicados nas revistas literárias: The Animist (Austrália), Southern Ocean Review (Nova Zelândia), The Art Bin (Suécia), Albedo One (Irlanda), Writing On Air: MIT Press Anthology (EUA), bem como em tradução para o Português pela Revista Ópio (Portugal). Sob o título preliminar de "Hell's Mouth Bay", o conto "The Scent of a Lie" foi publicado pela primeira vez em 2001 pela editora Canongate de Edimburgo na antologia "Original Sins" e recipiente do Prémio Canongate para o conto.

O AUTOR

paulo da costa nasceu em Luanda, Angola e viveu a sua juventude em Vale de Cambra, Portugal. Desde a década de noventa que reside no Canadá. O seu primeiro livro de contos, "O Perfume da Mentira" e na sua versão original em língua inglesa, foi publicado em 2002 tendo sido galardoado com o Prémio Revelação de Escritores da Commonwealth, o prémio do livro W.O. Mitchell Cidade de Calgary e recipiente do Prémio Canongate para o conto no festival literário de Edimburgo na Escócia. A sua ficção e poesia estão representadas em diversas publicações e traduzidas para italiano, esloveno, espanhol, francês, servo e português. Partilha o seu tempo entre a Ilha de Vancouver e Vale de Cambra.

www.paulodacosta.com

Coleção LIVROS PÉ D`ORELHA

Obras do autor paulo da costa

O Perfume da Mentira, 2012
notas de rodapé, 2005
eco (lógico), 2012   *no prelo*

Audio
notas de rodapé, 2005
XX Poemas, 2006
ser português, 2012

Língua Inglesa:
Midwife of Torment and Other Stories, 2005
Twenty Poems, 2006
The Book of Catalogues – sudden fiction, 2010

Livro Digital / Ebook
notas de rodapé, 2012
eco (lógico), 2012
O Perfume da Mentira, 2012

Língua Inglesa:
The Scent of a Lie, 2002, 2012
Beyond Bullfights and Ice Hockey: The Architecture of a Multicultural Identity, 2012 *no prelo*
The Green and Purple Skin of the World, *no prelo*
Midwife of Torment and Other Stories, *no prelo*

The Cartography of Being, 2012 Nuno Júdice translated by paulo da costa

Editora: Livros Pé D'Orelha – www.livrospedorelha.com
Contacto Autor: www.paulodacosta.com

www.ingramcontent.com/pod-product-compliance
Lightning Source LLC
Chambersburg PA
CBHW071227260626
47162CB00004B/1456